フィギュール彩 ㉗

DOES HARUKI MURAKAMI DREAM OF ELECTRIC CATS?
—MURAKAMI CATS ANTHOLOGY
KAZUNARI SUZUMURA

村上春樹は
電気猫の夢を見るか？

ムラカミ猫アンソロジー

鈴村和成

figure Sai

彩流社

目次

はじめに

Q この本を書くことになった、きっかけについて、ひと言、――

A 前に出した『村上春樹とネコの話』の中国語版が出版されて、インタビューを受けたりしているうちに、続篇を書きたいと思ったんですね。きっかけといえば、それがきっかけです。

Q 本書の特色と言いますと？

A 前の『村上春樹とネコの話』では、うちの猫たちの話がいっぱい出て来ました。今度は村上の小説に登場する猫たち（本書では「ムラカミ猫」と呼びます）に的を絞って、類書のないオリジナルな本にしたいと思いました。

Q タイトルについて、ひと言、――

A 「あとがき」にもありますが、ディックの『アンドロイドは電気羊の夢を見るか？』からタイトルを借りて、ムラカミも、猫も、一視同仁、アンドロイドの一族と見たわけです。

Q　この本に関するデータをいくつか、箇条書きにしていただけませんか。

1　「序」と「コーダ」以外、全篇書き下ろしです。

2　「序」には、彩流社版『村上春樹とネコの話』の中国語訳が出版された際、著者がネットで受けたインタビューを収録しました。Qはインタビュアー、Aはインタビュイーです。

3　「序」以後Ⅰ章からⅣ章までも、Qは質問者、Aは回答者ですが、Qには『1Q84』のQ（Question）の意味が持たせてあり、Qが猫の尻尾（しっぽ）をなぞるしかけです。

4　「コーダ　ニューヨークの『うずまき猫』」は、「文學界」二〇一〇年九月号「『1Q84』のアメリカを行く」から、ラストの部分を抄録しました。転載を許可された「文學界」の豊田健氏に感謝します。

5　引用文中の著者による注はすべて［……］で括りました。古典からの引用は旧仮名のママとしました。

6　編集・出版に際し、彩流社の高梨治氏のお手をわずらわせました。厚く謝意を表します。

序　『村上春樹とネコの話』著者・鈴村和成先生インタビュー大綱

北京新華先鋒文化伝媒有限公司
二〇一三年十二月十六日
取材者：「心霊珈琲网」

ネコと女性

Q　お作品［『村上春樹とネコの話』彩流社、2004年］で、「ネコはそれこそ、呼ぶとあらわれない、というぐらい、つむじ曲がりの性格を持っているのだ」と述べておられます。それに、女性と多くの共通点を持つ「女性的な動物」であるネコは、特定なタイプの女性を代表していますか、それとも全ての女性を代表していますか？　その理由はなんでしょうか。

A　すべての女性を代表しているとは言えないでしょうね。ですが、女性的なるものの精髄をネコがあらわしていることは確かだと思います。「呼ぶとあらわれない」というのも、デートの場にいつも遅れてやって来る女性のコケットリーに通じますが、これがまた、テレビなどに決して姿を見せない村上さんの深遠なカリスマ性を思わせます。ネコがある種の女性のタイプを代表する理由は？　と申しますと、ネコも女性も、長い歴史のなかで、ネコは人間に対して、女性は男性に対して、それぞれ従属する立場にあったために、サバイバルの生存本能からして、ネコは人間に、女性は男性に、可愛がられ、愛されるために、愛らしく、美しく、品よくあろうと努めた、その結果だと思います。それが昂じて、「つむじ曲がりの性格」と見える、あの巧緻なコケットリーになったのですが、それは女性とネコに共通する、生き延びるための健気（けなげ）なポーズだったのです。もっとも今日では、女性のそういうコケットリーは不要になり、稀少になりましたので、世の男性たちは、その代償として、ネコのコケットリーで自分を慰めることになりました。

Q　お作品で「消滅することを特技とするネコは、冷やりとした肌ざわりで出来た生物である」と書いておられ、同じ「冷え冷え」という感じのわけで、家出の女が残したものと同様であるとのご指摘ですが、これは、単なるネコと女性が似ているためですか、それとも生活の中で先生にとってネコが人生パートナーとしての女性と同じ重要な地位を持つためですか。

A　男女を問わず、誰にとっても、こちらにすり寄って来るものは、わずらわしいものです。あんまり身近なものは、暑苦しいし、息苦しい感じがします。とはいえ、このことを我が人生のパートナーである奥さんに敷衍すると、問題は複雑になります。ネコと奥さんはともに大切なパートナーとして「重要な地位」を有することには変わりがないのですが、たった一人の大事な奥さんに、冷んやりとした肌ざわりを持つネコのような、「消滅」を特技とする〈逃げ去る女〉であってくれ、と望むのは、どうしても矛盾した要求のようですから、まあ、ネコと奥さんを両方とも伴侶にして、身近に置き、奥さんの与えてくれる〈囚われの女〉の温かい感じを、手元をすり抜けてゆくネコの冷え冷えとした〈逃げ去る女〉の感触と掛け合わせ、中和するというのが、ちょうどいい加減の家庭内の処世術であると思われるのですが、——。

Q「撫でているときに、こちらの手の甲をやさしく噛むことがある。愛咬というやつだ。もう少しで痛い、というところで、噛むのをやめる。どんなエロティックな女性でも、こんな絶妙な噛み具合で男の肩や胸に歯を立てたりすることはできない。」とのご指摘ですが、先生からみれば、同じ「噛む」という動作にもかかわらず、何故ネコと女性はそんなに異なっているのでしょうか。

A　確かにネコのほうが女性より愛の仕種に長じていると言えるようです。うちのネコのグレーは、「尊馬油（ソンバーユ）」という「馬の油」が大好きなんですが、これを指につけてなめさせると、かならず僕の指を噛みます。しかし痛くはしません。ほんの少し痛くします。ちょっと僕のマゾヒズムに媚びてくれるのです。ほどほどのタイミングで噛むのをやめます。この適度に痛くするネコの噛み方は、女性がわれわれの舌を軽く噛んだり、肩に爪を立てたりするときの愛撫の仕方より、さらに高度なテクニックを感じさせます。

Q「こわいような、愛らしいような二つの顔があって、それがわたしたちを怖れさせたり、引きつけたりする」と先生に描かれたネコは、まるで危険さ、神秘さ、冷酷さ、更に自信を集大成した「蛇蠍美人」のように感じます。このような「蛇蠍美人」と付き合うとき、先生は何かアドバイスがありませんでしょうか？

A　そういう女性とつきあうには、なによりもまず相手を真剣に恋することが肝要です。仮にも相手を軽んじるような真似をしてはなりません。遊ばれたと分かると、気位の高い女性は、本気で腹を立てるのです。爪を立て、牙を剥き出します。柳眉を逆立てるどころではありません。そんなとき、「蛇蝎美人」は「美人」であることを止めて、純粋に冷酷で恐ろしい、本物の「蛇蝎」に豹変します。

ネコと村上春樹

Q　村上春樹のネコがいつも「血塗られた残酷な暴力にいろどられていた」という方式で登場しますね。村上様は作品でネコ殺しの残酷さを微に入り細をうがって描写しています。そのため、「こんなに血塗られたネコ殺しを軽やかに描写して、村上春樹さんは本当にネコが好きなのか」という疑問を抱えている読者は多数いても可笑しくないと思われます。この点に対し、先生はいかが思われますか。

A　村上さんが根っからのネコ好きであることは間違いないと思います。ところが、小説の登場人物は村上さんご自身ではないわけで、ネコにとっては、とんでもなく危険で邪悪な人物も登場して来ます。そういう猛烈な悪人（『海辺のカフカ』のジョニー・ウォーカーなど）の暴力が発動すると、――これが物語なるものの毒薬の効果なんですが、――村上さんの物語もまたドライブがかかり、あなたにショックを与え、あなたを魅了することになります。ネコを残酷に殺害する場面などは、その意味でいちばん読者の関心が高まり、ハラハラドキドキ、ページをめくるのももどかしくなる場面ではないでしょうか。一方、ネコと仲良く話をしたり（同書のナカタさんのように）、ネコと縁側で遊んだりする（『ねじまき鳥クロニクル』の岡田亨のような）主人公と出会うと、読者はホッとして、心が癒やされる気持ちになります。こういう暴力と平和、災厄と息災、悪と善の激しいコントラストが、村上さんの小説をダイナミックでドラマティックなものにする秘訣なんですね。ダテに血みどろのネコ殺戮シーンを書いているわけではないのです。

Q　先生は、ネコ好きのために村上春樹さんに関する研究を始めましたか、それとも村上春樹さんに関しての研究を深くしてはじめてネコに興味を持つようになりましたか。いったいどういう因果関係なのでしょうか。

A　むつかしいところですね。もともと僕はネコ好き――というよりネコ気違い――の奥さんといっしょになって（たしか一九六八年のことです）、僕の中に隠れていたネコ好きの本性がめざめたところがあるわけで、そのころはまだ村上さんの本は一冊も出ていませんから（村上さんが『風の歌を聴け』でデビューしたのは一九七九年です）、年代記的に言えば、ネコが好きになることのほうが、村上さんを好きになるより先、ということになりますが、だからといって、ネコが村上さんより好き、ということは言えない。まあ、ネコ狂いの心性も、ムラカミ狂いの心性も、僕の内に同時的に潜在していて、何かの拍子に、ネコのほうが村上さんより先に僕の心を捉えたという、そんな因果関係だと思います。

Q　先生からすれば、ネコが村上春樹様の一生の中で何を意味していますか。村上春樹様の作品でネコがいつも重要な役目を果たす理由は、村上様が何か特殊な体験あるいは経歴があったためでしょうか。

A　「ふわふわ」という表題のネコを主題にした村上さんの掌篇があって、そこに少年時代の村上さんのネコとの特別な体験が描かれています。――「猫の時間は、まるで大事な秘密をかかえたほそい銀色の魚たちのように、あるいはまた時刻表にはのっていない幽霊列車のように、猫のからだの奥にある、猫のかたちをした温かな暗闇を人知れず抜けていく」。ここに村上さんにとってのネコの持つ意味がよくあらわれています。ネコは現われたり消えたりする、変幻自在の生き物で、そのことを「時刻表にはのっていない幽霊列車」というメタファで表現したわけですね。村上さんは子どもの頃からこういう「猫の時間」を呼吸して生きてきたのです。そこに村上＝ネコ＝幽霊の等式が成立しました。村上さんの主人公たちは、ネコのように、あるいは幽霊のように、「ふわふわ」と浮遊しながら存在していて、誰かにフッと憑いたり、スルリと〈壁抜け〉したりします。幼い頃からネコと親しむことによって、その親密な交流を通じて、村上さんは彼の小説の最大のテーマである〈憑依〉と〈壁抜け〉の秘法を身につけたのです。

Q　もし「村上春樹」、「ノーベル賞」、「ネコ」とみっつの単語を用いて、任意に物語を語らせたら、先生はどんな物語を話してくださるのでしょうか。

A　村上春樹とノーベル賞の関係は、ネコとご主人様の関係に似ています。ある日、ご主人様がネコの前で小さな魚の尻尾をつまんで、さあお食べと差し出しました。ネコは飛びつきます。そこはさるもの、ご主人様はさっと手を引いて、ネコの鼻先を躱（かわ）します。また近づけます。また躱します。そんな遊びを繰り返しているうちに、ネコはご主人様の手の内を読んで、魚なんかいらないよ、といった顔つきで、そこらにゴロンと寝転がりました。ご主人様は何度もネコの鼻先に魚をもっていくのですが、ネコは知らんぷり。やがてスヤスヤ寝てしまいました。ご主人様はつまらなさそうにフンと鼻を鳴らして、魚をそこらへんに放り出し、書斎に引きあげて行きました。するとネコはやおら起き上がり、悠々と魚を平らげてしまいました。

ネコについて

Q 先生からして、どのようにすればつまりどんな行動こそ真にネコを愛する行為だと言えるのでしょうか。ネコを愛する行為には、何か限度がありますか。

A ネコは束縛を嫌います。じっと抱きしめようとすれば、しばらく我慢していますが、それもある限度までで、いつか嫌がって自由になろうとします。この限度を心得ることが、ネコを愛するコツですね。ネコは自由が好きなのです。しかしマゾっぽい気質もあって、適当な束縛を好むところもあります。この自由と束縛の微妙な兼ね合いがむずかしいところで、ネコを愛する技法も、畢竟（ひっきょう）、適度に縛り、適度に放任する、その節度をよく心得るところに存すると考えます。

Q ネコは、先生の人生で何を意味していますか。『村上春樹とネコの話』を拝読してみれば、自分の子供のごとくもてなすという感触ですが、ネコに対し何か期待を寄せておられますか。

A　ネコはネコ同士でも、人間とのあいだでも、共生ということの意味をよく理解しています。互いの距離の取り方が上手です。つかず、離れず、平和に共存する智恵を身につけています。猛烈な夫婦喧嘩がすぐそばでおっぱじまっても、ネコは、我関せず焉（えん）、といった様子で安らかにスヤスヤ眠っています。大喧嘩真っただ中の夫婦も、そんなネコのこの上なく穏やかな寝姿を見ると、自分が恥ずかしくなって、かっとなって振り上げた拳骨を収めることになります。僕がネコに期待するのも、そういう平和な共生の世界です。

Q　ネコは「盗み見ることが好き」や「急に消滅すること」とか生まれ付き備わっている性格を持ちます。それでは、先生に「ネコ派」と指摘された作家たちもネコのそうした性格を同様に持つのでしょうか。「ネコ派」作家たちは、自分のそういう性格を自分の作品でどのように反映していますか、例を挙げながらご説明いただけないでしょうか。

A　日本におけるネコ派の作家といえば、言わずと知れた谷崎潤一郎です。彼の代表作の一つ、『痴人の愛』には、ナオミというそれこそ〈蛇蝎美女〉が出て来ますが、彼女などは、主人公の譲治の前から「急に消滅する」隠遁術を身につけているようです。譲治はナオミが逃げて行けばいくほど、さからいがたくこの妖女の言いなりになり、奴隷になってしまうのです、――まるでネコの手練手管に籠絡（ろうらく）されて、骨抜きになる庄造（谷崎作『猫と庄造と二人のをんな』の主人公）のように。谷崎はマゾヒズムで知られる作家ですから、作家のそういう性格が作中人物の譲治に反映していると言えるでしょう。ネコに対する庄造の関係には、ナオミに対する譲治の関係が反映し、そこにはまた、女性／ネコに対する作家・谷崎の関係が反映しているのです。

Q 先生がお作品の中で定義した「ネコというのは、そこにはいない存在である」は、多くの読者の共感を引き起こしました。もしそのほかに定義して下さいとお願いされたら、先生は今度どんな定義を下さるのでしょうか。

A「ネコほどクールな生き物はいない」

I 『羊をめぐる冒険』、あるいは電気猫の命名

Q 村上春樹と猫の話といっても、村上は猫が主役の小説を書いていませんね。

A 村上の猫小説といえば、長篇では『羊をめぐる冒険』、『ねじまき鳥クロニクル』、『スプートニクの恋人』、『海辺のカフカ』の四篇が挙げられます。どの作品でも猫はほんの少し登場して来るだけです。ですから、これらの長篇を猫小説と呼ぶことには語弊があるかもしれません。ところが、さにあらず、猫は主役でこそありませんが、全篇にいわば〈散種〉（デリダ）されるかたちで、いたるところに散りばめられているのです。散在する猫によって、これら村上の四大猫長篇は〈脱構築〉（同）されているといえます。

Q それでは早速、具体的に見ていきましょう。まずムラカミ猫の嚆矢（こうし）をなす長篇、『羊をめぐる冒険』（一九八二年）から伺います。この作品を猫小説と称するのは正直言って意外です。

A 『羊をめぐる冒険』では、ヒーローの「僕」（漱石の『吾輩は猫である』同様、この「僕」には名前がありません）は、離婚したばかりで、別れた奥さんが荷物を取りに「僕」のアパートにやって来たところから始まります。そこでさりげなくムラカミ猫がデビューします。このさりげなさが

曲者(くせもの)で、とてもムラカミエスクでクールな登場です。この段階では「僕」と同じように、猫にもまだ名前がないところが、やはり漱石の名無し猫を思わせますね。引用しますと、――

「猫がどこからかやってきて、長いあくびをしてから彼女の膝にひらりと跳び乗った。彼女は猫の耳のうしろを何度かかいてやった」

これが村上の長篇に主役の猫が登場する最初の場面なんです。まさにムラカミ猫のデビューですね。漱石と違って、ムラカミ猫は「吾輩」などと威張ったことは言わず、ただあくびをしたり、耳のうしろを掻かれたりしているだけです。「ひらりと」登場するところが、軽妙なムラカミ猫の面目躍如ですね。それが「どこからかやってきて」というところが、しびれますね。まるで異次元世界から突然、ムラカミ・ワールドに飛来した、未確認飛行物体(UFO)みたいです。

Q まさにムラカミ猫第一号、空飛び猫、というか電気猫の到来ですね。

A 村上はちょうどそのアーシュラ・K・ル゠グウィンの『空飛び猫』連作を訳していますからね。このシリーズについては、あとでまたふれるとしましょう。

Q それで「彼女」というのは?

A 「彼女」というのは別れたばかりの奥さんで、「僕」がいないあいだにアパートを訪ねて来たところです。昔のガールフレンド(「誰とでも寝る女の子」)の葬式があって、「それで式が終ってから新宿に出てずっと一人で飲んでたんだ」と、明け方に帰宅した「僕」は言い訳します（いまや死語かもしれませんが、「午前様」ですよね）。こんなふうに「僕」は何人もの女性を遍歴していることに注意すべきでしょうね。村上の「僕」はプレイボーイなんですよ、じつを言うと。離婚した奥さんにしてみれば、「何も説明しなくったっていいのよ」ということになります。猫とは関係のない、こういう会話がけっこう長く続くなかで、猫は「どこかからやってきて」、「彼女の膝にひらりと跳び乗った」だけですが、その後のこの空飛び猫、あるいは電気猫のムラカミ・ワールドにおける活躍を考えると、じつに奥ゆかしい姿の現わし方をしていると言えませんか。

Q　たしかに『風の歌を聴け』（実験に猫を使う）や『1973年のピンボール』（ペット・ショップでアビシニアンにさわる）にも、猫の話題はありますが、主役級の猫が登場して来るのは、いま引いた『羊』の場面ですね。ムラカミ〈空飛び猫〉の出現としては、じつに「さりげなく」、「奥ゆかしい」登場なのですが、作者の村上にはそういう意識があったのでしょうか？　ここから自分のムラカミ猫ワールドが始まるぞ、という？

A　猫による後追いの構成ですよね。Retrospective な再編成といっていいでしょう。フランスの作家の例を挙げると、バルザックやプルーストがそういう後追いの構成をやっています。『ゴリオ爺さん』だとか『従妹ベット』だとか、何篇も傑作長篇を書き継いだ後で、自分の作品に『人間喜劇』という総タイトルを冠したバルザックについて、プルーストがそういうことを言っています。プルースト自身も、ヒロインのアルベルチーヌは自動車運転手のアゴスティネリをモデルにしていますが

（プルーストはホモですから男性が恋愛の対象になったのです）、アゴスティネリが飛行機事故で死んでしまうと、このエピソードをアルベルチーヌの落馬による事故死として小説に取り込み、それまで構想していた構成に変更を加えています。村上でいえば、『ダンス・ダンス・ダンス』の初稿を書き終えた頃、五反田君がキキ殺しの犯人なんだと気づいて、後から全篇をリライトしていった、という彼自身の創作秘話が有名です。

Q　後追い構成のミステリーですね。『羊』の猫のその後が気になるところです。

A　そのあと、この猫の登場、あるいは猫への言及を拾ってみますと、猫そのものではありませんが、「猫の写真」が出て来ます。写真は絵などと違って、ロラン・バルトも言ったように、実物を映したモノですからね。「僕」は自分たち夫婦のアルバムを開いて、「彼女［別れた奥さん］が写っている写真は一枚残らずはぎ取られていた」と驚きます。「僕」の人生における奥さんの手による、彼女の写真の削除・消滅はここまで徹底しているんですね。

「僕と彼女が一緒に写ったものは、彼女の部分だけがきちんと切り取られ、あとには僕だけが残されていた。僕一人が写っている写真と風景や動物を撮った写真はそのままだった。そんな三冊のアルバムに収められているのは完璧に修整された過去だった。僕はいつも一人ぼっちで、そのあいだに山や川や鹿や猫の写真があった。まるで生まれた時も一人で、ずっと一人ぼっちで、これから先も一人というような気がした。僕はアルバムを閉じ、煙草を二本吸った」

（傍点引用者）

「僕」や風景や動物、山や川や鹿のなかに、こっそり「猫の写真」を紛れ込ませるところが、心憎いじゃありませんか。この長篇はムラカミ猫をめぐるミステリーなんですよ。背中に星のある羊を探す冒険である以上に、猫を探す物語であることが、充分予想されるでしょう。まるで別れた奥さんは「僕」に対して極度の怨恨を抱いていて、自分がいなくなった後には自分にかかわるものは何も残さないという、不退転の決意をしているようですが、そんなことは決してありません。ここにはそんな憎悪や愛情のどろどろした葛藤は微塵もないのです。クールの極みの離婚劇です。彼女はただ単に不在なんです。不在そのものなんです。彼女がいなくて、「……猫の写真があった」。ただそれだけのことを村上はさりげなく、淡々と記述します。最新作『女のいない男たち』のテーマがすでにこの初期長篇に明確に出ているんですね（「ずっと一人ぼっちで、これから先も一人」）。妻の不在が猫の存在と合わせ鏡になっているところも、存在／不在にかかわるムラカミ猫の在り方を示唆しています。猫ってのはともかく、そこにいたかと思うと、もうそこにはいない、忍術を心得た生き物ですからね。

Q なるほど。妻の不在に代わるものとしての猫、あるいは「猫の写真」ですか。当然それはデジタル機器を通して撮られたものですから、電気猫に等しいものでしょうね。そういえば、『羊をめぐる冒険』の問題の羊も、親友の鼠がＳＯＳのようにして「僕」に送ってきた羊の写真が、冒険というか、事件の発端になりますね。

A 羊と猫がセットになっていることを、まず抑えなくてはなりませんね。電気羊と電気猫のセットと言ってもいいでしょう。ですからフィリップ・K・ディックの『アンドロイドは電気羊の夢を見るか?』の電気羊は、ムラカミの場合、電気猫に置き換えることのできるものなのです、写真や電話から物語が展開するというのは、村上春樹の世界を端的に象徴しています。電話も写真と同じように、現実の尻尾をくっつけていることに注意。電話の場合、それは声ですね。主人公のもとに羊の話が舞い込むのも、電話からなんです。主人公の新しいガールフレンドは超能力の持ち主で、「僕」に羊のことでもうすぐ電話があると予告します。

「『ねえ、あと十分ばかりで大事な電話がかかってくるわよ』／『電話?』僕はベッドのわきの黒い電話機に目をやった。／『そう、電話のベルが鳴るの』／『わかるの?』／『わかるの』／彼女は僕の裸の胸に頭を載せたままはっか煙草を吸った。しばらくあとで僕のへそのわきに灰が落ちたが、彼女は口をすぼめてそれをベッドの外に吹きとばした。僕は彼女の耳を指ではさんだ。素敵な感触だった。頭がぼんやりとして、その中で形のない様々なイメージが浮かんでは消えた。／『羊のことよ』と彼女は言った。『たくさんの羊と一頭の羊』／『羊?』／『うん』と言って彼女は半分ほど吸った煙草を僕に渡した。僕はそれを一口吸ってから灰皿につっこんで消した。『そして冒険が始まるの』」

素敵な始まりですね。黒い電話機とはっか煙草という、いまでは一昔前の遺物のように見えるモノたちが、SF的な雰囲気を醸しだしています。われわれの時代がディック的な近未来に突入してしまったことが、よく分かります。現在が近未来であるというこの感覚、これは『世界の終りとハードボイルド・ワンダーランド』の感覚ですね。こんなふうに、あと十分で電話がかかってくるわよ、それも羊のことよ、と予告するガールフレンドというのは、こわいですねえ。そして正確に予告どおりの電話が鳴るのです。これがアンドロイドが夢に見る電気羊、ならざる電話羊の話でなくて、なんでしょう?

「少しあとで枕もとの電話が鳴った。僕は彼女に目をやったが、彼女は僕の胸の上でぐっすりと眠り込んでいた。僕は四回ベルを鳴らしておいてから受話器を取った。／『すぐこちらに来てくれないか』と僕の相棒が言った。ぴりぴりとした声だった。『とても大事な話なんだ』／『どの程度に大事なんだ?』／『来ればわかるよ』と彼は言った」

電気羊、あるいは電話羊のテーマは、こんなふうにして電話によって鳴らされます。

「『どうせ羊の話だろう』とためしに僕は言ってみた。言うべきではなかったのだ。受話器が氷河のように冷たくなった」

アナログな〈類推の〉時間を生きる相棒と、デジタルな〈予知の〉時間を生きる「僕」と。両者の温度差がこれほど明瞭に示されることはありません（「受話器が氷河のように冷たくなった」）。そういえば、この冒険のヒロイン（「耳のガールフレンド」、後に『ダンス・ダンス・ダンス』でキキと命名）も、じつは写真から登場する、その意味でアンドロイド型のデジタルな女の子だったんです。「僕」はコンピュータのソフトウェア会社の広告コピーの下請け仕事をしていて、あるとき一枚の巨大な耳の写真を渡され、この写真につけるヘッド・コピーを用意してくれ、と命じられます。耳の写真を壁に貼って毎日見ているうちに、「僕」はその耳に魅惑されてしまい、やがて素敵な耳の持ち主の女の子とつきあうようになるのです。先の引用にも、「僕は彼女の耳を指ではさんだ。素敵な感触だった。頭がぼんやりとして、その中で形のない様々なイメージが浮かんでは消えた」とありましたね。ここにはムラカミ・フェティシズムが不気味なまでに（あるいはユーモラスに）誇張されて描かれています。谷崎潤一郎が足フェチだったとすれば（『瘋癲老人日記』参照）、村上は耳フェチなのかもしれません。この耳のガールフレンドはコールガールもやっていて、コールガールは電話で呼び出される女性ですから、電話のモティーフもからんできますよね。耳はもちろん電話と切り離せません。「僕」の新しいガールフレンドは、写真と電話のメディアミックスされたアンドロイドだったんですね。「僕」の胸の上で眠っている彼女が電気羊の夢を見ていることは、ディックの『アンドロイドは電気羊の夢を見るか?』を参考すれば納得されるでしょう。ところで耳のガールフレンドに、彼はこんなふうに自己紹介するんですが、ここにもさりげない、しかし貴重なムラカミ猫への言及が見られるのです、——

「平凡な街で育って、平凡な学校を出た。小さな時は無口な子供で、成長すると退屈な子供になった。平凡な女の子と知りあって、平凡な初恋をした。十八の年に大学に入って東京に出てきた。大学を出てから友だちと二人で小さな翻訳事務所を始めて、なんとかそれで食べてきた。三年ほど前からPR誌や広告関係の仕事にも手を広げて、そちらの方も順調に伸びている。会社で働いていた女の子と知りあって四年前に結婚して、二ヵ月前に離婚した。理由はひとくちじゃ言えない。年寄りの雄猫を一匹飼っている。一日に四十本煙草を吸う。どうしてもやめられないんだ」（傍点引用者）

「鼠」というあだ名の親友が出て来るので〈鼠三部作〉と呼ばれる、『風の歌を聴け』、『１９７３年のピンボール』、『羊をめぐる冒険』の主人公、名前のない「僕」の簡潔な略歴になっていますが（猫好きの主人公が鼠を親友にするというのはおもしろいですね。村上にとって、猫と鼠は仲良しのペアなんです）、作者・村上の自伝の要素も巧みに導入されています。「平凡な街」というのは阪神間の街で、芦屋でしょうね。「十八の年に大学に入って東京に出てきた」のも（詳しくは小論「東奔西走——谷崎潤一郎と村上春樹」を参照して下さい〔『紀行せよ、と村上春樹は言う』所収〕)、村上の伝記をなぞっています(ただし村上は一年浪人して十九で早稲田大学の文学部演劇科に入りますが)。「翻訳事務所」というのは村上の場合、彼が経営したジャズバー「ピーター・キャット」に読み替えることができます。「ピーター」は実生活におけるムラカミ猫の名前ですが、いまの略歴に出て来た「年寄りの雄猫」(『羊』のメイン・キャラとしての猫、のちにいわしと命名)には、ピーターの片鱗がくっついているかもしれませんね。こうして見てくると、主人公が耳のガールフレンドに話す自分の略歴というのが、年寄りの雄猫、いまの文脈でいえば電気猫を呼び出すための伏線であったと言えますね。

Q ピーターとは、また変わった命名ですね。どんな猫だったんでしょう?

A それこそ、話せば長い物語になるんですが、約めて言いますと、最初期のエッセイ『村上朝日堂』には、

「猫はピーターという名前で、ペルシャと虎猫の混血の、犬みたいに大きな雄猫だった」

という貴重な証言があります。ムラカミ猫物語として重要なので、今度は『うずまき猫のみつけかた』から引きますと、

「僕は学生時代、三鷹のアパートに住んでいたときに［一九六九年～七〇年、これはムラカミ青年にとって決定的に重要な時期で、『ノルウェイの森』の時代背景になっています］、一匹の雄の子猫を拾った。拾ったというか、アルバイトの帰り、夜中に道を歩いていたら勝手にうしろからにゃあにゃあとついてきて、僕のアパートの部屋にいついてしまったのである。茶色の虎猫で、長毛がかかって頬がふわふわしたもみ上げみたいな感じになっていて、なかなか可愛かった［先に引いた掌篇『ふわふわ』のタイトルは、ここから来ているのかもしれません］。けっこう性格のきつい猫だったが、僕とすっかり意気投合して、それから長いあいだ二人で一緒に暮らすことになった」

こうしてどこからか忽然とあらわれるのも、空飛び猫、あるいは電気猫の得意技ですね。この雄猫と一緒に暮らすのですから、まるでホモの同棲生活みたいですが、経済状態が逼迫していたこのカップルは、まったく無一文状態が一か月のあいだに一週間くらい続くことになったのです。そんなときどうするかというと、クラスの女の子にお金を借りたと言います。それも、金がなくて腹を減らせていると言っても、「知らないわよ。そんなことはムラカミくんの自業自得でしょうが」と相手にもされませんが、「金がなくて、うちの猫に食べさせるものもない」と言うと、相手は（ムラカミくんにではなく、ピーターくんに）同情してくれて、「しょうがないわねえ」と言いながら、いくらかの金を貸してくれたんですね。

「とにかくそんなことをして、猫と飼い主と二人で必死に貧困と飢餓を堪え忍んだものである。ちょっとしかない食べ物を猫と文字どおり奪い合ったこともある。今考えても情けない生活だった。楽しかったけど」

むろん、「楽しかったけど」が本音でしょうね。二十二歳で学生結婚した村上は、独身生活に別れを告げ、ピーターを連れて文京区の千石に引っ越します。猫とならんで陽子さんという、それこそ千載一遇の伴侶が村上の伝記に登場して来ます。そのときのことも、『うずまき猫のみつけかた』から。ちょっと泣かせる話です——

「十月[一九七一年のことです]の曇った午後に、僕は数少ない家財道具とささやかなジャズ・レコードのコレクションを軽トラックに積み込み、何もなくなってがらんとした部屋の中でピーターにマグロのお刺身を与えた。最後の食事である。『悪いけどさ、俺こんど結婚することになって、向こうの家の都合でおまえを連れてくわけにいかないんだよ』と僕はピーターにわかりやすく説明した。でもピーターはマグロの刺身をがつがつ食べるのに必死だし(無理もない。そんなもの生まれてから食べたことないのだ)、だいたい猫だから、飼い主の人生のややこしい事情までは理解できない。/マグロを食べ終えて、まだ皿をぺろぺろとなめているピー

ターを残して、軽トラックでアパートをあとにした。しばらくのあいだ僕らは黙っていたのだ
が、やがてうちの奥さんが『いいじゃない、やっぱりあの猫、一緒に連れていこうよ。なんと
かなるから』と言った。僕らは急いでアパートに引き返して、まだぼんやりマグロのことを考
えているピーターをしっかりと抱いて連れてきた。そのころには彼はもうすっかり大きな猫に
なっていて、すごく重かったことを覚えている。顔を擦り寄せると、頬の毛がはたきみたいに
ふわふわとしていた」（傍点引用者）

このあたり、本書のラスト「ニューヨークの『うずまき猫』」でふれる、カポーティの『ティファニーで朝食を』のヒロイン、ホリーが愛猫を棄てようとして思い返す感動のシーンを、地でいってるようですね。新婚さん（陽子夫人）の実家の布団屋に居候するわけですが、ピーターはストレスから神経性下痢になり、店の商品の布団におしっこをひっかけてしまいます。

「もちろん本人には罪の意識はまるでない。何故なら彼は生まれてこのかた三鷹の森の中でモグラをとったり鳥を追いかけたりして生きてきたからである」（『村上朝日堂』）。「結局ピーターは田舎の知りあいにあずけられることになった。それ以来彼には一度も会っていない。話によると近所の森の中に入ったきりで家にもほとんど戻ってこないそうである」（同）

結婚生活のほうが猫との共生より大切なのは仕方ないですよね。でも、このときからムラカミ夫妻にはピーターの夢がとり憑くことになります。国分寺や千駄ヶ谷で開いたジャズバーに「ピーター・キャット」という名前をつけて、そのバーにも、『女のいない男たち』のバー「木野」のように、いつも猫が片隅で寝ていたというんですから、猫と村上と陽子さんの三人の人生は続いたんですね。

Q 小説に作家の自伝が織り込まれている、というのは、すごく興味深いですね。

A そのあたりをもう少しお話しますと、先の『羊』の自己紹介にあった「離婚した」というのは、作家の閲歴とは違います。村上は早稲田の授業でノートの貸し借りをしているうちに現在の陽子夫人と親しくなり、結婚して、そのまま連れ添っています。「一日に四十本煙草を吸う」は、『羊』執筆の頃まではヘビースモーカーだった作者の習慣が投影しています。『羊』でフルタイムの作家生活に入るころ、村上は禁煙し、夜昼さかしまの生活を改め、ランニングやマラソンを始めますが、興味深いことは、『羊』本文に作者の禁煙やランニング体験が書き込まれていることです、――「煙草はやめたんだ」と「僕」は結末に近いところで言います。

Q 猫に関しては、どうですか?

A 本書の主題からすれば、『羊』にあった略歴では、「年寄りの雄猫を一匹飼っている」という一齣が特筆されるべきでしょうね。ここには例のピーターをずっと飼っていたら、ありえたかもしれない仮想現実のレミニセンスがあるかもしれません。しかし作者はここでも、前の引用(「僕はアルバムを閉じ、煙草を二本吸った」)と同様に、巧みに猫から煙草へ話題をズラシて、猫が主題であることをクリプト（隠蔽）します。

Q　『羊をめぐる冒険』で猫は、ちらっちらっと姿をあらわすんですね。そのチラリズムが心憎いところです。

A　本当に、ちらりちらりと姿を見せるんですね。ＵＦＯのように『羊』のページに飛来して来ます。空飛び猫、あるいは電気猫そのままですね。その後も、ムラカミ猫という線で『羊をめぐる冒険』を追っていきますと、妻との生活の回想の場面で、「猫はいつも腹を減らしていた」とあったり、故郷の街でジェイズ・バーを経営しているジェイという中国人について、「彼は猫を飼っていて」とか「猫は元気？」といった猫に関する話題が書き込まれたりします。そして右翼の大物の「黒服の秘書」が登場し、彼の命令、というより恐喝に従って、いよいよ北海道へ背中に星のある一頭の羊を探しに出かける段になると、ナチスの高官のようなエリート実務家の「黒服の秘書」と、「財産といえば貯金が二百万ばかりと中古車が一台、それに年取った雄猫が一匹いるだけです」という「僕」、なかんずく「黒服の秘書」と「年取った雄猫」との対比、というか対決が、あざやかにクローズアップされます。

Q　いよいよ〈羊をめぐる冒険〉の開始ですね。

A　そう、電気羊、あるいは電気猫をめぐる冒険です。出発前の「耳のガールフレンド」とのムラカミ流の平穏な日常生活、――

「猫がやってきてソファーにとび乗り、彼女の足首に顎と前足をかけた」とか、「彼女は笑って猫を抱きあげ、そっと床に下ろした。『抱いて』」

といった情景は、『羊』におけるムラカミ猫のハイライトといってよいでしょう。とくに最初の引用（「彼女の足首に顎と前足をかけた」）では、お伽噺のようにとぼけた猫の仕種の愛らしさがきわだっています。さらに、「ねえ、旅行のあいだ猫のことはどうするの?」という彼女の質問とともに、いよいよ『羊』は『猫をめぐる冒険』と名づけてもよい展開を見せ始めます。「僕」は「黒服の秘書」に電話し、「猫のことなんです」と切り出します。これも電話を通じて話される猫の話ですから、当然、電話猫、あるいは電気猫の話と言っていいでしょうね。「猫?」「猫を飼ってるんですよ」「それで?」それで「僕」は留守中、猫を預かることを男に約束させ、その飼い方を詳細に告げるのですが、これは村上の初期作品における、ムラカミ猫をテーマとするポエティックな名文といっていいでしょう、——

「肉の脂身はやらないで下さい。全部吐いてしまいますから。歯が悪いから固いものも駄目です。朝に牛乳を一本と缶詰のキャット・フード、夕方には煮干しをひとつかみと肉かチーズ・スティックです。便所は毎日とりかえるようにして下さい。[……]／耳だにがつきかけているから、一日に一度オリーブ・オイルをつけた綿棒で耳の掃除をして下さい。嫌がって暴れるけど、鼓膜を破らないようにね。それから家具に傷がつくのが心配なら週に一度は爪を切って下さい。普通の爪切りでかまいません。蚤はいないとは思うけれど、念のために時々蚤取りシャンプーで洗った方がいいでしょうね。シャンプーはペット・ショップに行けば売ってます。猫を洗ったあとはタオルでよく拭いてからブラッシングして、最後にドライヤーをかけて下さい。そうしないと風邪をひいてしまいますから」

大切な猫に関してひたすらディテールを羅列する注意事項が、右翼の大物先生と黒服の秘書の世界を〈脱構築〉していく様子が目に見えるようです。そして「朝の十時に例の潜水艦みたいな馬鹿げた車がアパートの玄関に停まった」と、8章「いわしの誕生」の幕が切って落とされます。漱石流名無しのムラカミ猫に「いわし」という名が与えられる、創世記にも比肩すべき、よく知られたこれも名場面です。運転手は「[神様に]毎晩電話をかけています」という「宗教的運転手」で、この素朴であるけれど人間味溢れる人物のキャラが滅法立っています。

Q この運転手なんかとくにそうですが、村上の長篇ではワキがよく固めてありますね。それにしても、『羊をめぐる冒険』の頃から、宗教というテーマが「宗教的運転手」というかたちで出ていたとは驚きです。

A 村上はふざけているようで、大事なことを言いますから、注意が必要です。「宗教的運転手」は後の『1Q84』の天吾の父にも匹敵する、忘れられない名キャラクターです。村上には『神の子どもたちはみな踊る』と題した短篇集がありますし、『1Q84』のヒロイン青豆がBOOK3で「自分が神を信じていることに気づく」と回心に近い体験をする場面があります。「熱いときにも冷たいときにも、神はただそこにいる」という青豆の述懐は、悪役のヒーロー牛河が虐殺されるときに暗殺者に言わされる謎の文言、ユングの言葉とされる「冷たくても、冷たくなくても、神はここにいる」と奇妙な符合を見せます。『1Q84』がそもそもオウム真理教をモデルにしたカルトの新宗教を主題にしているわけですから、この「宗教的運転手」には、――すぐれたカリカチュアのかたちで――後に村上の枢要な主題となる神の存在／不在をめぐる（ドストエフスキー的な）問題設定へのユーモラスな伏線が引かれていたといえます。

Q　そこから名無し猫の命名のシーンが始まるわけですね。

A　年寄りの雄猫を運転手に預けて、北海道への「羊をめぐる冒険」に旅立つカップルを空港へ送る車中で、この運転手が猫に名前をつけるシーンこそは、ムラカミ猫きわめつけの白眉の名場面です。「そうだ、猫のことを教えなくちゃね」と「僕」が言うと、運転手は礼儀正しく「可愛い猫ですね」とお愛想を言います。これは漱石の『猫』も、内田百閒の『ノラや』も、谷崎潤一郎の『猫と庄造と二人のをんな』も、荒木経惟の『愛しのチロ』も、奥泉光の『「吾輩は猫である」殺人事件』も、笙野頼子の『パラダイス・フラッツ』、『愛別外猫雑記』、『S倉迷妄通信』も、保坂和志の『猫に時間の流れる』、『明け方の猫』も、これら猫を主題とする名作の数々も顔負けの、ムラカミ猫屈指の猫ポートレイトと申せましょう、――

「しかし猫は決して可愛くなかった。というよりも、どちらかといえば、その対極に位置していた。毛はすりきれたじゅうたんみたいにばさばさして、尻尾の先は六十度の角度にまがり、歯は黄色く、右眼は三年前に怪我したまま膿がとまらず、今では殆んど視力を失いかけていた。運動靴とじゃがいもの見わけがつくかどうかさえ疑問だった。足の裏はひからびたまめみたいだし、耳には宿命のように耳だにがとりついていたし、年のせいで一日に二十回はおならをした。妻が公園のベンチの下からつれて帰ってきた時にはまだ若いきちんとした雄猫だったが、彼は七〇年代の後半を坂道に置かれたボウリング・ボールのように破局へと向けて急速に転り落ちていった。おまけに彼には名前さえなかった。名前のないことが猫の悲劇性を減じているのかそれとも助長しているのかは僕にはよくわからなかった」

ここまで悲惨な姿で描写されたら、もしこの猫にモデルがいて、本が読めたら、絶望して死んでしまうんじゃないかと思われるかもしれませんが、それは違います。文章に愛情が染みわたっていますので、たとえモデルの猫がこれを読んでも、自分が村上の筆によって永遠の存在と化したことに随喜の涙を流すんじゃないかと思います（僕がこの猫なら、深く納得して、さっそく村上に感謝の手紙を出すでしょう）。

「よしよし」と運転手は猫に話しかけますが、「さすがに手は出さなかった」

それほどバッチイ猫だったんでしょうね。「よしよし」と猫に話しかけるところは、後の『海辺のカフカ』で主人公になる、猫と話のできるナカタさんを先取りしているようです。村上はこんなところでもうナカタさんの布石を打っているんですね。じつに周到なムラカミ猫の構想です。「一日に二十回」もおならをするというのも、猫狂いには可愛くてたまらないところでしょう。「運動靴とじゃがいもの見わけがつくかどうかさえ疑問だった。足の裏はひからびたまめみたいだし、……」というところは、ゴッホの靴の絵を見ているような迫真のリアリティがあります。「尻尾の先」が「六十度の角度に」まがっているところは、百閒の『ノラや』の「先の所がカギになつて曲がつて」いるノラの尻尾を思わせますし、それ以上に、この尻尾の折れ曲がり方はムラカミ猫の超大作『ねじまき鳥クロニクル』のワタヤ・ノボル、後にサワラと名づけられる猫の折れ曲がった尻尾に受け継がれるようです（行方不明になっていた猫は、後述のように、第3部に入ると「先が少し曲がった尻尾を上に立てて」、主人公のもとに帰って来ます）。猫のそういう写生的な観察があった後で、運転手はついに次のムラカミエスクな究極の問いを発します、——

「なんていう名前なんですか？」そして答はそのものズバリ、漱石の『吾輩は猫である』冒頭の一行からの引用です、——「名前はないんだ」（だれもが知っている一行ですが、念のために漱石を引きますと、「吾輩は猫である。名前はまだ無い」)。

Q 名前の問題は村上の大きなテーマですね。初期三部作ではヒーローやヒロインに名前をつけなかった村上が、『ノルウェイの森』で初めて「僕」や「彼女」に名前をつけたんですね。

A そうですね。ヒロインに直子、ヒーローにワタナベという名前をつけました。このワタナベというのが、村上の親友のイラストレーターで、亡くなったばかりの安西水丸の本名(渡辺昇)だというのも、おかしいですね。しかも『ねじまき鳥クロニクル』の悪役のヒーローがワタヤ・ノボルという名前で、安西水丸の本名とよく似ています。村上はそうやって実生活のエピソードをおもしろおかしく小説に書き込む癖があります。それに『ねじまき鳥』のムラカミ猫の名前が主人公の不倶戴天の敵、奥さんの義理の兄貴のワタヤ・ノボルだというのも、村上におけるネーミングの問題と善悪観を考える上で、示唆的だと思います。このワタヤ・ノボルという猫は長篇の冒頭から失踪しているのですが、奥さんのクミコに猫探しを頼まれて、路地をさまよっているとき、「僕」は猫の名前を使ったふしぎな「詩の文句」のようなものをつぶやいたりします、――

「ワタヤ・ノボル/お前はどこにいるのだ?/ねじまき鳥はお前のねじを/巻かなかったのか?」

Q　なるほど、おもしろいですね。まるで電気猫をちゃんと充電したのか、と訊ねているようです。このワタヤ・ノボルは『羊をめぐる冒険』の、いま話題にしている名前のない猫の前身（長篇の刊行年からいえば、後身？）である、ということでしたか？

A　尻尾の曲がり方が同じなんですよね。それで例の「宗教的運転手」と名前をめぐる深遠な問答があった後で、

「どうでしょう、私が勝手に名前をつけちゃっていいでしょうか？」と運転手が言うと、僕もガールフレンドも、「悪くないな」「悪くないわ」と賛成します。「なんだか天地創造みたいね」と彼女が言い、「ここにいわしあれ」と僕が言います。

聖書をこんなふうに茶化して引用するのも、すこぶるムラカミ流ですが、運転手（と猫）がつける次の落ちがまたふるっています、――

「『いわし、おいで』と運転手は言って猫を抱いた。猫は怯えて運転手の親指をかみ、それからおならをした」

Q　おならをするんですよね、電気猫が。すごい猫です。

「運転手は我々を空港まで車で送ってくれた。猫は助手席におとなしく座っていた。そして時々おならをした」

まるでこの「いわし」という名前をもらったムラカミ電気猫は、「おなら」をしながら小説から姿を消していくようですね。

A そのとおり。チェシャー猫が笑いながら消えていくように、いわしはおならをしながら消えていく。電気猫の消え方としては絶妙でしょう？ 彼はこれで『羊をめぐる冒険』からぷっつり消息を絶ちます。それから主人公たちの北海道における、メインテーマの「羊をめぐる冒険」が始まるわけですが、電気猫ならざる電気羊を探す冒険の詳細は、ここでは端折(はしょ)って簡略に述べましょう。そもそもわれわれの文脈では、羊と猫は交換可能な、いわば換喩(メトニミック)的な関係にあるわけです。電気羊は電気猫であり、電気猫は電気羊であるのです。ストーリーは超能力をもつ一頭の電気羊に始まります。この背中に星のある羊が右翼の大物先生の体内に住みついて、彼に超能力を賦与していたのですが、長篇の発端の年、一九七八年には、右翼の先生を見限ってしまい、こともあろうに「僕」の親友、「鼠」にとり憑いてしまったのです。北海道の十二滝町という山奥の別荘にいる鼠は、ヒトラーみたいな羊憑きの超人になるのを断乎拒否して、電気羊を呑み込んだまま自殺してしまいます。そうとは知らず、やっとのことで十二滝町の別荘を探し当てた「僕」の前に、鼠は「羊男」の姿をした幽霊になって現れます。「僕」は鼠を失い、あまつさえ、ガールフレンドも失います。彼女はあるとき忽然と別荘から姿を消してしまうのです。失意のうちに山を降りる「僕」の前に例の黒服の秘書が現れ、「君に自発的に自由意志でここに来てほしかったからさ。そして彼［鼠］を穴倉からひっぱりだしてほしかったんだ」。すべては黒服の秘書の計画通りだったのです。主人公は謀られたわけで、絶望のどん底に落ちます。しかし秘書は鼠が羊を呑み込んで自殺していることは知らないし、鼠と羊を一挙両得すべく別荘に赴く彼を爆死させるよう、時限爆弾がセットしてあることも知らない。入れ代わりに宗教的運転手が登場（再登場）し、「いわしは元気ですよ」と、ジープを運転しながら言います。

Q 主人公を入れ代わり立ち変わり襲う悲劇の後ですから、ああ、よかった、とだれでも胸を撫でおろしますよね。

A そうなんです。運転手は「まるまるとふとっちゃいましてね」といわしの元気なことを保証してくれます。彼は猫の世話についていろいろと話してくれますが、「僕」はほとんど聞いていません。しかし、いわしの〈その後〉を識閾下で心配して、気が気でなかった猫好きな読者は、運転手のこのひと言（「いわしは元気ですよ」）を聞いて、あなたと同じように、ほっと胸を撫で下ろし、『羊をめぐる冒険』のメインテーマである「羊」を、サブテーマであるムラカミ猫が食ってしまうのをまざまざと感じるのです。

Q 猫が羊を食っちゃうんですか、なるほど。ムラカミ猫はムスリム（イスラム教徒。羊を常食とする）なんですかね。

A　こういうサブテーマの潜在をサブリミナル効果と呼んでいいと思うんですね。読者の無意識の願望に訴えるわけです。知らぬ間に読者はいわしの再登場を期待している。村上という作家は読者のそういうサブリミナルな期待にちゃんと応えてくれるんですね。カリスマ的な彼の人気の秘密は、こんなところにあります。

Ⅱ　『ねじまき鳥クロニクル』、あるいは〈電話の電気猫〉はどこに？

Q　さて、ムラカミ猫小説の第二弾、いよいよ『ねじまき鳥クロニクル』3部作ですね。

A　この小説では、『羊をめぐる冒険』ほど、ムラカミ猫の検索は困難ではありません。なにしろ物語の始まる前からワタヤ・ノボルなる電話猫（電気猫）が行方不明になっていて、〈逃げ去る女〉ならざる〈逃げ去る猫〉のテーマは、最初のページに鳴り響いているわけですから。しかもそのテーマはムラカミ好みのメディアである電話を通じて鳴らされるのです。

Q　それで電気猫ならざる電話猫というわけですね。

A　電話猫です。猫のことで電話がじゃんじゃん鳴るのです。ここで小説のヒロイン、主人公の岡田亨の奥さんであるクミコさんが登場して来ます、――それも電話のなかに。彼女は唐突にこう言います。「ところで猫は戻ってきた？」。「僕（岡田亨）」はそう言われて初めて猫のいなくなったことに気づきます。

Q　猫が失踪するといえば、百閒の『ノラや』ですね。村松友視の『アブサン物語』なんかでもそうですが、村上春樹はとくに猫が消えることに関心があるようですね。

A　このあたり、猫好きな点では人後に落ちない村上と百閒の『ノラや』を比較してみると、おもしろいですね。百閒の小説（でしょうか？　随筆でしょうか？　微妙なところです）では、ノラがいなくなると、「涙が流れて止まらない」、「暗くなるまで声を立てて泣いた」、「今頃はどうしてゐるのだらうと思つて涙が止まらない」といった具合いで、涙、涙の毎日です。吉行淳之介は「内田百閒先生のこと」で、「百閒先生は異常なほど悲嘆にくれ、それは私の眼にも不可解であった」と書いていますが、こういう感想のほうが自然で、「ちくま文庫」解説の稲葉真弓のように、「このとき、百閒は六十八歳、食事も喉を通らずろくに眠ることもできず、『ノラやノラや』とつぶやきながら痩せ衰えた亡霊のようになっていく姿には鬼気迫るものがある」というのは、ちょっと信じられない気がします。まあ『ノラや』の場合、「小説新潮」に連載されたのですから、読者サービスということもあったのでしょうが、それにしても。もう少し百閒と村上の比較を続けますと、ノラがいなくなった状況を作者はこう描写します、――

「一昨日二十七日にノラが出て行つた時の事を更めて家内から聞いた。／私はその日は午後三時頃まで眠つてゐたが、私が寝てゐる間に、お午頃は家内はお勝手でノラを抱いてゐたさうである。その時ノラは昨夜から残してあつた握り鮨の屋根の玉子焼を貰つて食べた。一たん風呂場へ這入つて寝て、暫らくすると、二時頃家内が新座敷でつくろひ物をしてゐる所へ来て、板敷から片脚を畳の上へ出し、滅多にした事がない程畳の上へ伸ばして、家内の顔を見ながら大きな声でニヤアと云つた。／『行くのか』と云つて家内が起ち上がらうとすると、先に立つてもう出口の土間に降りて待つてゐる。家内は戸を開けてやる前に土間からノラを抱き上げ、抱いた儘で戸を開けて外へ出たが、物干場の方へ行くのかと思つたからそつちへ一足二足行くとノラは後ろの方を見て、反対の方へ行きたがる様だから抱いた儘そつちへ行き、洗面所の前の木戸の所からノラがいつも伝ふ塀の上に乗せてやらうとしたら、ノラはもどかしがつて、家内の手をすり抜けて下へ降りた。さうして垣根をくぐり木賊（とくさ）の繁みの中を抜けて向うへ行つてしまつたのだと云ふ」

百鬼園先生はこの後も、「木賊（とくさ）の繁みの中を抜けて向うへ行つてしまつた」というノラ消滅のシーンを、ルフランのようにくり返します。ノラへの愛情の深さはよく分かるのですが、『ねじまき鳥』における村上の「僕」は、「朝から猫のことをすっかり忘れていたことに気づいた」というほど猫の不在に淡泊です。猫だから、と言うなかれ。これは『羊をめぐる冒険』で、耳のガールフレンドが十二滝町の別荘から消える状況も、こんなふうに淡々と、――淡々と、と言うのが当たらないほど淡々と――描写されます。これが恋人との永訣になることに注意してください（『羊』の続篇の『ダンス・ダンス・ダンス』で「僕」はキキと名づけられたこのガールフレンドを探しますが、ハワイのダウンタウンでそれらしき人影を見かけることはあっても、結局見つからず仕舞いです）。「彼女は山を去る。そしておそう空腹感」と題された第八章の5。大切な恋人がいなくなったのに、空腹感に襲われるというのは、いかにもムラカミ風ですね。

「時計が六時を打った時、僕はソファーの上で目を覚ました。灯りは消え、部屋は濃い夕闇に覆われていた。体の芯から指先までがしびれていた。皮膚をとおしてインク色の夕闇が体にしみこんでいるような気がする。／雨はもうやんでしまったらしく、ガラス越しに夜の鳥の声が聞こえた。石油ストーブの炎だけが部屋の白い壁に奇妙に間のびした淡い影を作り出していた。僕はソファーから立ちあがってフロア・スタンドのスイッチを点け、台所に行って冷たい水をグラスに二杯飲んだ。ガス台の上にはクリーム・シチューの入った鍋がのっていた。鍋にはまだ微かな温もりが残っていた。灰皿にはガール・フレンドの吸ったはっか煙草の吸殻が二本押しつぶされたような形で立っていた。／僕は本能的に彼女が既にこの家を去ってしまったことを感じとった。彼女はもうここにはいないのだ。／僕は調理台に両手をついて頭の中を整理してみた。／彼女はもうここにはいない、それは確かだった。理屈や推理ではなく、現実にいないのだ。がらんとした家の空気が僕にそれを教えていた。妻がアパートを出ていってしまってから彼女に巡り会うまでの二ヵ月あまり、いやというほど味わったあの空気だ。／僕は念のために二階に上り三つの部屋を順番に調べ、クローゼットの扉まで開けてみた。彼女の姿はなかった。彼女のショルダー・バッグとダウン・ジャケットも消えていた。土間の登山靴もなくなっていた。まちがいなく彼女は行ってしまったのだ。彼女が書き置きを残していきそうな場所をひとつひとつあたってみたが、書き置きはなかった。時間から見て彼女は既に山を下りてしまっているだろう。／彼女が消えてしまったという事実が僕にはうまく呑み込めなかった。起きたばかりで頭がまだよく働かなかったし、それにもし頭がよく働いたとしても、僕のまわりで起りつつある様々な出来事のひとつひとつにきちんとした意味を与えていくことはもうとっくに僕の能力の範囲を越えていた。要するに物事を流れのままにまかせるしかないのだ。／居間のソファーに座ってぼんやりしていると、ひどく腹が減っていることに突然気づいた。異常なほどの空腹感だった」

「彼女はもうここにはいない」、「彼女は行ってしまった」、「彼女が消えてしまった」とくり返されますが、起こってしまった事実を確認しているようで、驚きも嘆きもありません。後になって、羊男の姿を借りた幽霊の鼠が「彼女」の消えた理由を説明して、鼠が彼女を山から立ち去らせたような書き方がしてあります。「彼女は計算外のファクターだったからね」と言い、「俺としてはこれは内輪だけのパーティーのつもりだったんだ。そこにあの子が入り込んできた。俺たちはあの子を巻き込むべきじゃなかったんだ。君も知っているようにあの子は素晴しい能力を持っている。いろんなものを引き寄せる能力さ。でもここには来るべきじゃなかった。ここは彼女の能力を遥かに超えた場所なんだ」。背中に星を負った電気羊のいる十二滝町の山荘は、耳のガールフレンドの超能力をもってしても打ち勝つことのできないスピリチュアルな霊力を持っている、ということですね。

「彼女」はやがて『ダンス・ダンス・ダンス』ではキキと名づけられて、長篇の全幅を覆う巨大な不在の〈逃げ去る女〉と化します。そういう重要な不在（失踪）を引き起こした事件を叙述するにしては、村上の筆致は驚くほどクールというほかありませんね。

Q 百閒がノラの失踪に大泣きするのに較べると、村上は猫の失踪はいうまでもなく、恋人の失踪に対しても、冷静に対処しているということですね。

A 冷静というのは当たらないんじゃないのかな。現代を生きるわれわれにとっては、村上の喪失感のほうがリアルで、普通人の感覚に裏打ちされている、ということでしょう。百閒の「私」は、お昼すぎまで寝ているような〈文豪〉です。ノラには、出前で「いつも取る鮨屋の握りの玉子焼」をやるほど溺愛しています。あの夫妻にはまるで生活感がありません。サルトルじゃありませんが、飢えて死ぬアフリカの子どもたちにとって『嘔吐』が何の役にたつか、という問いは、やはり有効だと思いますよ。村上なら、貧乏な学生時代、ピーターとわずかな食べ物を奪い合った、とありましたよね（いくぶん、おもしろおかしく誇張してあるにしても）。

Q『ねじまき鳥クロニクル』では猫がいなくなり、ついで奥さんがいなくなります。この二つの失踪事件に対しても、「僕」はやはりクールなんでしょうか?

A『ねじまき鳥クロニクル』は『羊』のテーマを引き継いでいます。電話の女のテーマと電話の猫のテーマです。電話猫のテーマが『羊』以上に頻繁に鳴ります。行方不明の猫のワタヤ・ノボル（後のサワラ）は、失踪する妻のクミコの前兆をなしていて、彼女はまず猫を探すよう「僕」に電話で頼みます。と同時に、やはり電話で、「僕」が「これじゃまるでポルノ・テープじゃないか」と思うような猥褻な話をしかけてきます。この電話は後にクミコの電話であったことが分かりますが、こんなふうに『ねじまき鳥』では、妻のクミコと猫のワタヤ・ノボルが、くり返し鳴る電話のベルとともに消滅していきます、――「十分ばかりあとでまた電話のベルが鳴ったが、今度は受話器をとらなかった。ベルは十五回鳴って、そして切れた」といったふうに。つまり、猫や奥さんの失踪は、電話（や写真）というデジタルなメディアを通じて「僕」に伝えられるから、ホットな臨場感を失い、クールなものにならざるをえない、ということですね。『ねじまき鳥』第1部の第1章はこう終わります、――

「ビールを半分ばかり飲んだところで電話のベルが鳴りはじめた。／『出てくれよ』と僕は居間の暗闇に向かってどなった。／『嫌よ。あなたが出てよ』とクミコが言った。／『出たくない』と僕は言った。／答えるもののないままに電話のベルは鳴りつづけた。ベルは暗闇の中に浮かんだちりを鈍くかきまわしていた。僕もクミコもそのあいだ一言も口をきかなかった。僕はビールを飲み、クミコは声を立てずに泣きつづけていた。僕は二十回までベルの音を数えていたが、それからあとはあきらめて鳴るにまかせた。いつまでもそんなものを数えつづけるわけにはいかないのだ」

電話猫の電話が鳴り続けるんですね。電話のベルの音とともに、奥さんのクミコも、猫のワタヤ・ノボルも、遠ざかり、消失していくようです。電話のなかに消滅して、電話猫に転生するようです。2章に入っても電話のベルは鳴り続け、まずカノウと名乗る正体不明の女から電話がかかってきます。ところがこの電話はやたら丁寧な口調で、「どうも失礼いたしました。それではまたあらためてお電話申し上げます」「ねえ、ちょっと待ってください。これは――」というやりとりで切れてしまいます。こういう唐突で理不尽な電話の切れ方というのは、われわれも日常生活でよく経験するものですよね。しばらくすると、また電話が鳴り、今度は妻からです。さっきの電話の加納さんという人が話題になり、

「いったい何なんだ、あれは?」と「僕」が訊くと、「だから猫のことよ」「猫のこと?」と電話猫のテーマが鳴ります。「ねえ、悪いけど今ちょっと手が放せないのよ。人が待っているのよ。無理して電話かけてるんだから。昼ご飯だってまだ食べてないって言ったでしょう。電話切っていいかしら? 手があいたらまたかけなおすから」

クミコさんは「だから猫のことよ」と気を持たせながら、その先を言わず、尻切れトンボに電話を切ってしまいます。電話猫の話は途中で切れてしまうのです。当然、「僕」は謎だけを提示され、その解決を示されないわけですから、中途半端な状態に置かれますが、じつをいうと、これが村上

の小説のオープン・エンディングに特徴的な、ムラカミエスクな小説技法でもあったのです。安原顯という亡くなった評論家は、『ねじまき鳥』が第2部で（一応）完了したとき、「数多くの未解決の謎や矛盾を宙吊りにしたまま」だ、とキレてしまったことはよく知られています（安原『本など読むな、バカになる』）。「僕」もクミコさんの電話の謎かけに苛立ちます、——

「忙しいのはわかるよ。でもさ、そんなわけのわからないことを突然押しつけられても僕だって困るんだよ。いったい猫がどうしたんだ？　その加納っていう人は——」

これは安原顯のような読者＝評論家の声を代弁しているようですが（とはいえ評論家が小説の暗愚な登場人物［ここでは亨］のように振舞っては困りますよね）、クミコさんは夫の困惑など意に介せず、

「とにかくその人から言われたとおりにしてちょうだいね。わかった？　これ真剣なことなのよ。ちゃんと家にいて、その人の電話を待っててね。じゃ切るわね」

と電話を切ってしまいます。これがまあ愚かな夫に対する妻のまともな対応じゃないでしょうか。しばらくすると、今度は正体不明のカノウと名乗る女からまた電話があり、品川のパシフィック・

ホテルでその女と会う約束をします。

Q 加納マルタですね。この女性はマルタ島で修業した霊能者で、クミコさんの義理のお兄さんのワタヤ・ノボルに紹介された人なんですね。「なるほど、それで話がわかる」と「僕」は考えます、「彼女は霊能者か何かで、うちの猫の行方について相談を受けたのだ。綿谷家は昔から占いや家相に凝っている一家なのだ」とあり、電話↓猫↓霊能者の繋がりが確認されます。電気猫とオカルトの関係といってもいいでしょう。『羊をめぐる冒険』の電気羊や電気猫と同じテレパシーの世界ですね。『羊』でも、霊能力のある耳のガールフレンドが、羊のことで電話が鳴ることを予言しました。超能力のある羊は電気羊だったわけですね。同様に『ねじまき鳥』では、いなくなった猫が霊能者の電話を通じて、電話猫になり、電気猫になるようです。ここで疑問が生じるのですが、村上自身はそういうオカルト的なものにのめり込むタイプなんでしょうか?

A 全然ちがいますね。村上ほどオカルトに批判的な人はいないと思います。彼は現代人がオカルト的なものに汚染されていることに非常に敏感な反応を示します。『アンダーグラウンド』や『約束された場所で』を読んでも分かるように、オウム真理教もオカルト的な土壌で生まれたカルトであると彼は考えています。オウムの引き起こした地下鉄サリン事件を契機として、村上はオカルトやカルトが持つ〈両刃の剣〉的な魅力と危険を主題として扱うようになりますが、その関心は初期から一貫しています。ですから彼の小説には霊能者タイプの人物が頻出します。『羊をめぐる冒険』の羊憑きの博士や右翼の大物の先生、耳のガールフレンド(後のキキ)を始めとして、『ダンス・

ダンス・ダンス』の霊視能力をもつ美少女ユキ、『ねじまき鳥』では加納マルタ・クレタ姉妹、ノモンハン事件の生き残りの本田さん、赤坂ナツメグ・シナモン母子、『海辺のカフカ』の猫と話ができるナカタさん、『1Q84』のカルト集団「さきがけ」のリーダー深田保とふかえり父娘、『女のいない男たち』では「木野」に出て来る坊主頭のカミタ……、本当に霊能者のオンパレードです。

Q 電気猫や電気羊も、霊能者の一員と考えてよろしいのでしょうか?

A 電気猫や電気羊も、霊能者の仲間に違いありません。

Q 加納マルタは「猫のことで」「僕」に電話してくるわけですが、本書の主人公である電話猫、というか電気猫は、オカルトとやはり関係を持つのでしょうか?

A 霊猫とか化け猫という言葉がありますように、猫はオカルトになじみやすい生き物ですよね。フレッド・ゲティングズの『猫の不思議な物語』には、「多数のオカルティストや悪魔学者たちは猫が妖術と関連があると主張していたようである」とあります。村上の掌編『ふわふわ』には、

「ぼくは猫の息づかいにあわせて、ゆっくりと息を吸い込み、またゆっくりとその息を吐き出す。/静かにしずかに——まわりのだれにも気づかれないように。うまいぐあいに猫の時間は、ぼくがそれを感じていることを、まだ知らない。ぼくはそのことが好きだ。猫はそこにいる。でもぼくはそこにいて、そこにいない」

要するにこの猫はムラカミエスクな〈壁抜け〉の達人で、「ぼく」の同類なんですね。「そこにいて、そこにいない」、神出鬼没、変幻自在の魔物だということですね。加納マルタの電話の声のように、捕らえどころのない逃げ去る存在です。しかし結論からいえば、村上は猫はオカルトを〈脱構築〉すると考えています。善いオカルトと悪いオカルトがあると言ってもいいでしょうね。いま例に挙げた『女のいない男たち』の一篇「木野」でいえば、この小説は南青山のバー「木野」を舞台にしています。そのバーの経営者でありバーテンダーである木野は、「女のいない男たち」の一人で、会社勤めをしていたときに奥さんが同僚とセックスしているのを目撃し、ショックを受け、会社を辞めて、伯母の援助を受けて、バー「木野」を開いたという不幸な経歴の持ち主です。そこに一匹の（名前のない）猫が出て来ますが、この猫こそ善きオカルトの代表でしょう。

Q「人間よりも先に『木野』の居心地の良さを発見したのは灰色の野良猫だった」とありますね。

A　ここでまず、村上の色彩感覚においては、灰色は好ましい色であることを指摘する必要があります。『色彩を持たない多崎つくると、彼の巡礼の年』では、多崎の友人・灰田は、アオとかアカと呼ばれるカラフルな人たちと較べると、「色彩を持たない多崎つくる」に近い、地味で目立たない人物です。つくるが灰田とホモセクシャルな友情を結ぶゆえんですね。『女のいない男たち』の灰色の猫は、『色彩を持たない……』の灰田から〈空飛び猫〉した幽体と言っていいでしょう。「灰色の野良猫」の引用を続けます。

「若い雌猫で、長くて美しい尻尾を持っていた。店の片隅にある窪まった飾り棚が気に入ったらしく、そこで丸くなって眠った。木野はできるだけ猫にかまわずにおいた。たぶん放っておいてほしいのだろう」

この猫には、村上が経営しマスターもしていたジャズバー、「ピーター・キャット」の飾り棚で寝ていたという猫の面影がありますね。この灰色の野良猫は、どこか村上に似ているところもあります。村上も『ノルウェイの森』がベストセラーになって、カルト的な人気が沸騰しているとき、「放っておいてほしい」と迷惑そうな顔をしていましたね。『遠い太鼓』には、

「ふりかえってみると、この年［一九八八年］は我々二人［村上夫妻］にとってはそれほど良い年ではなかったように思う。［イタリアやギリシャから］日本に戻ると、『ノルウェイの森』は大ベストセラーになっていた。ずっと外国にいてよく事情がわからなかったせいもあるのだけれど、久し振りに日本に戻って自分が有名人になっていることを知って、僕はなんだか愕然としてしまった。新聞のベストセラー・リストを見ると、どの書店でも『ノルウェイの森』の売上げが一位だった。講談社の社屋には赤と緑の派手な垂れ幕がかかっていた。僕は用事があってときどき江戸川橋から護国寺までの通りを通らなくてはならなかったのだけれど、あれは本当に恥ずかしくて、いつも見えないふりをしていた」

これはまったく猫みたいな反応ですね。ムラカミ猫というのは、こんなふうに周囲のフィーバーにそっぽを向いているのです。ムラカミ猫は電話には親しんでも、テレビなどのマスコミには姿を見せないのです。『村上春樹は電気猫の夢を見るか?』ということが、こんなところでも通用しそうな気がします。あるいは『夢を見るために毎朝僕は目覚めるのです』というインタビュー集のタイトルにありますように、夢見の人たちですね。「私たちはみんな夢を見ているんだわ」と佐伯さんが言い、「みんな夢を見ている」と田村カフカが独白するように（『海辺のカフカ』）、ムラカミ・アンドロイドの一族は電気猫の夢を見ているのです。「木野」にはこんな一文もあります、――

「あるいはその猫が良い流れを運んできてくれたのかもしれない。やがて少しずつではあるが客が『木野』を訪れるようになった」

木野は「女のいない男」であるという意味で呪われた男なんですが、「猫が良い流れを運んできてくれた」わけです。ここでモーツァルトのオペラ『魔笛』におけるような、善玉と悪玉の綱引きが起こって、結局、悪玉のほうが勝ってしまうんですね。バー「木野」には、やくざ者が出入りしたり、マゾっぽい怪しげな女が木野と関係を持ったりします。この女との交渉は、村上が書いたもっとも陰惨な光景を呈します。「彼らは飢えた二匹の獣のように、むきだしの明かりの下で言葉もなく、欲望の肉を何度も貪った。様々な姿勢で様々なやり方で、ほとんど休むこともなく」と、二匹のさかりのついた猫が交わっているようです。それは交互に〈通電〉するような交わりです。その意味で電気猫の交わりといってもでしょう。そして、

「窓の外が明るくなり始めた頃、二人は布団の中に入り、暗闇に引きずり込まれるように眠った。木野が目を覚ましたのは正午の少し前で、そのとき女は既に姿を消していた。ひどくリアルな夢を見たあとのような気持ちだった。しかしもちろん夢ではない。彼の背中には深く爪あとがつき、腕には歯型が残り、ペニスには締め付けられた鈍い痛みが感じられた。白い枕には何本もの長い黒髪が渦を巻き、これまで嗅いだことのない強い匂いがシーツに残されていた」

アンドロイドの女と交わったような殺伐とした情景ですね。この女は一方的に悪に加担する者かというと、必ずしもそうではありません。彼女は灰色の猫と親しむところもあるのです。

「女はスツールから立ち上がり、眠り込んでいる猫のところに行って、その背中を指先で優しく撫でた。猫は気にせずそのまま眠り続けていた」

それでは、その頃、バー「木野」に出没するようになった蛇は、どうでしょう？「まず猫がいな

くなり、それから蛇たちが姿を見せ始めた」とありますように、猫と蛇が対極的存在であることは確かです。『魔笛』でいえば、「夜の女王」の側に属するものが蛇であり、王子タミーノの側に属するものが猫である、と。「猫はまた木野の店のお守りとしての役目を果たしているようでもあった」とあるように、猫は端的に善の側にあります。

「猫が店の隅っこで静かに眠っている限りそれほど悪いことは起こらない。そういう印象であった」

しかし『ねじまき鳥クロニクル』でいみじくも霊能者の加納マルタが言うように、「そこには側というようなものはない」のかもしれません。岡田亨は直截にマルタにこう訊ねます、――「ところでひとつだけ伺いたいのですが、あなたはこの件［綿谷ノボルとの確執］に関しては、いったいどちらの側についているんですか？ 綿谷ノボルの方ですか、それとも僕の方ですか？」加納マルタの返事は、――

「どちらの側でもありません。［……］そこには側というようなものはないからです。そういうものは、そこには存在しないのです。それは、上と下があり、右と左があり、表と裏があるというようなものごとではないのです、岡田様」

蛇と猫は交換可能だということですね。短篇「木野」では、出没する蛇について訊ねられた伯母は、「蛇はよく人を導く役を果たしている」と言い、「ただそれが良い方向なのか、悪い方向なのか、実際に導かれてみるまではわからない。というか多くの場合、それは善きものであると同時に、悪しきものでもあるわけ」と答えます。木野は伯母の答えに、「両義的」という言葉を補足します。伯母は、「そう、蛇というのはもともと両義的な生き物なのよ」。その意味で蛇と同様、猫もまた善悪両様のはたらきをする、両義的な生き物なのです。

Q 良いオカルトと悪いオカルトがあるというわけですね。そして村上その人は、そのどちらの側にもついていない、と。

A ロラン・バルトなら「ニュートラル」と言ったでしょうね（小著『バルト――テクストの快楽』参照。バルザックの『サラジーヌ』を分析した『S／Z』のなかで、バルトが自分の名前Barthes末尾の無音のSについて語るのにふれて、僕はこう書きました、――「『S／Z』におけるニュートラルなものは斜線［／］のうちにあった。異性愛者のサラジーヌ［S］とカストラートのザンビネッラ［Z］を対立させておいて、斜線［／］を引いて逃げ去るところに真にバルト的な意味でのニュートラルはあった。バルトのSはSとZの対立の間隙に渦を巻くのだ」）。ニュートラルというのは無関係とは違います。村上の主人公は現実と深くコミットします。知られるように村上は『ねじまき鳥』を書いた頃、オウム真理教団の地下鉄サリン事件当時から、政治にコミットメントした発言を多くするようになります。短篇「木野」でいえば、霊能者のカミタ。彼はバー「木野」で因縁をつける二人のやくざと戦って、相手を倒してしまいます。猫についてはカミタは、「あの灰色の猫はもうここには戻ってこないでしょう」と予言します、「少なくとも当分のあいだは」。カミタは縁起の悪いバーを閉めて、遠くへ旅することを木野に勧めます。木野はそこで熊本まで流れて行くのですが、バー「木野」に憑いた悪霊はそこまで追いかけて来て、救いのない結末を一篇は迎えます。『ねじまき鳥クロニクル』でいえば、やはり霊能者で占い師の本田さん。彼はノモンハン戦争の生き残りで、長篇に歴史の因縁を持ち込む人物です。「水には気をつけた方がいいな」という予言を「僕」に与えます。

Q 本田さんが亡くなって、同僚の間宮中尉が本田さんの形見の品を持って、岡田亨の家を訪ねて来るところで、長篇は戦前の一九三九年（昭和十四年）、日本の関東軍とソ連・モンゴル軍が国境紛争で交戦した、ノモンハン戦争を現代に導き入れることになるわけですね。

A クールでニュートラルと評された村上の、歴史へのコミットメントが明瞭に打ち出され、戦前の「満州国」が主題になるのですね。その点でも『羊をめぐる冒険』の延長線上に『ねじまき鳥』があることが分かります。『羊』の超能力を持つ羊は満州に生息していて、羊博士という農林省のスーパーエリートが中国東北部の満州で問題の羊と出会い、その羊を体に入れたまま日本に連れ帰った、という設定ですからね。その羊が憑いた右翼の大物も、青年時代、戦前の満州を荒らしまわっていたわけです。「満州国」は戦後日本の原罪のようなものなのです。

Q 『ねじまき鳥』でオカルト的治療を岡田亨に伝授し、大金を儲けさせる赤坂ナツメグも、満州育ちの女性ですね。彼女の霊能力は満州という出自と関係があるのでしょうか？

A 『約束された場所で』の「あとがき」で村上はこう言います、――「唐突なたとえだけれど、現代におけるオウム真理教団という存在は、戦前の『満州国』の存在に似ているかもしれない」。赤坂ナツメグのオカルトな能力の淵源には、血塗られた満州国の暴力が渦巻いているのかもしれません。加納マルタは言います、――

> 「猫のことはおそらくその始まりに過ぎません」。あるいは「猫の消えたというだけにはとどまらない話になるのではないかということです」。あるいは「もっとひどいことにだってなりえたのです」。あるいは「いいですか、岡田様、もっとひどいことにだってなったのです」。あるいは「ここは暴力的で、混乱した世界です。そしてその世界の内側にはもっと暴力的で、もっと混乱した場所があるのです」

●

猫はそうした暴力の渦巻きとは別の流れのうちにある、真の意味での平和な生き物なんです。亨に猫を探すのを頼むクミコは言います、――

「わかってほしいんだけど、あの猫は私にとっては本当に大事な存在なのよ」。あるいは「あの猫は私にとっては大事な象徴(しるし)のようなものなのよ。だから私はあの猫を失うわけにはいかないの」

亨は近所の区営プールに泳ぎに行こうか、それとも路地に猫を探しに行こうかと迷います。「プール／猫探し」とスラッシュで並列した後で、――

「結局猫を探しに行くことにした。猫はもうこの近所にはいないと加納マルタは言った。でもその朝、何となく猫を探しに行きたいような気持ちになっていた。猫を探しに行くのは既に僕の日常生活の一部になっていたし、それに僕が猫を探しに行ったことを知ったら、クミコだって少しは喜ぶかもしれない。僕は薄手のレインコートを着た。傘は持たないことにした。テニスシューズを履き、レインコートのポケットに家の鍵とレモンドロップを幾つか入れて家を出た。庭を横切って塀に手をかけたときに電話のベルが鳴っているのが聞こえた。僕はそのままの姿勢でじっと耳を澄ませた。でもそれがうちの電話の音なのか、それともどこか別の家で鳴っている電話の音なのか、聞きわけることはできなかった。電話のベルの音というのは、一歩家を出てしまうとみんな同じように聞こえるものなのだ。僕はあきらめてそのブロック塀を乗り越え、路地に下りた」

この路地が小説のメインな舞台になります。問題の井戸もここにあります。ここでも電話のベルの音が鳴っています。まるで電話のベルは亭の猫探しの通奏低音のように鳴ります。あるいは亭の探す猫が電話猫に他ならないかのように。これは「ねじまき鳥」のギイイイッと「ねじ」を巻く不気味な鳴き声と対をなしているようです。

「その鳥の声の聞こえる範囲にいたほとんどの人々が激しく損なわれ、失われた。多くの人々が死んでいった。彼らはそのままテーブルの縁から下にこぼれ落ちていった」

これが猫とともにある亭の次のような平和な世界を脅かす、満州国の脅威であることは間違いありません。

「眠るときに僕は猫のサワラのことを少し考えた。僕は猫のことを考えながら眠りたかった。なんといってもそれは帰ってきたものなのだ。どこか遠くから僕のところにうまく帰ってきたものなのだ。それはある種の祝福のようなものでなくてはならないはずだ。僕は目を閉じたまま猫の足の裏の柔らかな感触や、三角形の冷たい耳や、ピンク色の舌のことをそっと考えた。サワラは僕の意識の中で丸くなって静かに眠っていた」

Q　文字通り『村上春樹は電気猫の夢を見るか？』の世界ですね。

A「足の裏の柔らかな感触」とか「三角形の冷たい耳」とか「ピンク色の舌」とかと、可愛らしい猫の細部の描写が断然冴えています。亭はこういう猫がいる限り、そんなに悪いことは起こらない、とおまじないのようにして考えます。

Q　ワタヤ・ノボルは帰って来たのですね？　猫はどんなふうに帰って来たのでしょう？　名前もサワラに変わったのですか？

A　ワタヤ・ノボルは『ねじまき鳥』第3部が始まってすぐのところで帰って来るのです。この長篇は第1部『泥棒かささぎ編』、第2部『予言する鳥編』が刊行された時点（一九九四年）で完了したものと思われ、作者もそのつもりでいたのですが、一年ほどのあいだを置いて、一九九五年、第3部が出ることになったのですが、行方不明になっていた猫のワタヤ・ノボルのことを気にかける読者のために、猫の帰って来る続篇としての第3部を書くことにした、という考えも成り立つかもしれません。少なくとも猫の帰還が続篇を書く動機の一つにはなったでしょう。なんといっても、行方不明になったワタヤ・ノボルをほっぽり出したままで、畢生のムラカミ猫超大作『ねじまき鳥クロニクル』を終わらせるわけにはいきませんからね。

Q　その点でも『羊』と『ねじまき鳥』は似ているんですね。動物としても、「羊」と「ねじまき鳥」って、似た感じがします。羊の角は渦を巻いていますし、ねじまき鳥の鳴き声も「ねじ」を巻くようにギイイイイッと鳴く、とありますから。

A　あくまでも両義的なんですね。村上は羊という動物が好きなんでしょうが（ただし羊料理はまったく駄目らしいですね。お父さんの満州における戦争体験が影響しているという説もあります――『イアン・ブルマの日本探訪――村上春樹からヒロシマまで』参照）、『羊をめぐる冒険』の超能力を持つ羊は悪い羊としか言いようがありませんよね。ねじまき鳥に関していえば、ねじまき鳥は岡田亨のニックネームでもあるわけですから、単純に悪をもたらす凶悪な鳥とは言えないわけです。

Q　猫と同じなんですね。『うずまき猫のみつけかた』という村上のアメリカ旅行記がありますし。電気猫、電気羊、ねじまき鳥と、渦を巻く動物たちの迷宮との関連が見えてきました。

A　猫に関していうと、『羊をめぐる冒険』の場合、「いわし」と名づけられた猫が再登場するのは長篇のラストのところでしたが、『ねじまき鳥』では、第3部『鳥刺し男編』が始まって間もなく、こんな情景のなかでその帰還は準備されます、――

　「家に帰ると、僕はいつもと同じように台所のテーブルに座ってビールを一本飲み、ラジオで音楽を聴いた。そして誰かと話をしたいと思った。天気の話だろうが、政府の悪口だろうが、なんでもかまわない。とにかく誰かと話というものをしたかった。でも残念ながら話のできる相手はただの一人も思いつけなかった。猫さえいない」（二つめの傍点引用者）

と、あい変わらず（『女のいない男たち』ならざる）「猫さえいない」暮らしを託（かこ）っているのですが、ページをめくると、亨のこの思いが届いたように、なんと！　猫は戻って来るのです、――

「僕の予感は間違ってはいなかった。家に帰ったとき、猫が僕を出迎えた。僕が玄関の戸を開けると待ちかねたように大きな声で鳴きながら、先が少し曲がった尻尾を上に立てて僕の方にやってきた。それは一年近く行方不明になっていたワタヤ・ノボルだった。僕は買い物の紙袋を置き、猫を抱きあげた」

ここでも「僕」は猫が帰って来ても、『ノラや』の百閒先生ならそうしただろうように、感極まって随喜の涙を流すわけではありません（『ノラや』のノラは行方不明のまま帰って来ないのですが）。しかし、こういう自然な書き方のほうが、ワタヤ・ノボルの帰還を迎える「僕」の気持ちに、読者はすんなりと寄り添うことができるのです。しかも、興味深いことに、村上は「猫を抱きあげた」のところで第6章「新しい靴を買う、家に戻ってきたもの」を中断して、第7章「よくよく考えればわかるところ（笠原メイの視点2）」に移ってしまいます。6章と7章のあいだにはストーリーの関連がありません。切れ目があります。この中断は、前に見た妻のクミコが途中で電話を切ってしまうのと同じように、村上の小説に無数に走っている中断のライン（ドゥルーズの言う **ligne de la fuite** 逃走線）と同質のもので、猫と再会したお涙頂戴の安っぽい感激をクール・ダウンする、すぐれてムラカミエスクな効果があります。こうしてムラカミ猫はクールな電気猫に変容するのです。村上は猫と女と電話から彼のクールな書法（エクリチュール）を学んだのかもしれません。猫はクールな生き物で、犬と違って、こういう場合、尻尾を振って喜びをあらわしたりしないものです。ムラカミ猫はその代わりに「尻尾を上に立てて」、自分がいわしの生まれ代わりの転生猫であることを、クールに示しているようです。クールというのは、政治的にいえば、戦争やら満州国やらに熱狂しないことです。クライマックスで中断するというのは、チャンドラーなどハードボイルドのミステリーが使う手法で、従来の純文学では見られないものです。村上のクールがハードボイルド系のものであることが、お分かりいただけるでしょう。そんなわけで、笠原メイの介入する7章をあいだに置いて、次のような愛らしいワタヤ・ノボル再登場のポートレイトを読むことになるわけです、――

「猫のからだには、顔から尻尾の先までいたるところに乾いた泥がこびりついていた。毛はもつれて玉のようになっていた。どこかの汚れた地面の上を長いあいだ転げ回っていたみたいだった。僕は興奮してごろごろと喉を鳴らしている猫を持ち上げて、からだの隅々まで細かく点検してみた。幾らかやつれているように見えたけれど、それを別にすれば顔つきも体つきも毛並みも、最後に見たときとそれほど変わりはない。目も綺麗だし、怪我のあともない。とても一年近く留守をしていた猫のようには見えなかった。まるで一晩どこかでたっぷり遊んで帰ってきたばかりという感じだ」（8章冒頭）

夜遊びをして帰って来た電気猫を抱きあげるブレードランナーのような生々しい接し方です。猫の体を「隅々まで細かく点検してみた」というところなど、日ごろ電気猫を可愛がっているムラカミ・アンドロイドの振舞いが目の前にほうふつとするようです。身の毛もよだつ〈皮剥ぎボリス〉の酸鼻な拷問など、怪奇なゴシック・ロマンの展開を見せる『ねじまき鳥クロニクル』は、猫と交流するこういう日常的であったかい描写があるからこそ、バランスのとれた骨太の長篇として成功したのです。

「僕は縁側で、スーパーで買ってきた生の鰆（さわら）の切り身を皿に入れて、猫に与えた。猫はすごく腹を減らせていたらしく、喉に詰まらせ、ときどきあえいで口のなかにあるものを吐き出しながら、あっというまにその切り身を平らげてしまった。猫の水飲み専用にしていた深い皿を流しの下から見つけて、たっぷり冷たい水を入れてやると、猫はそれもあらかた全部飲んでしまった。そしてやっと一息ついて、自分の汚れたからだをひとしきり舐めていたが、そのうちにふと思いだしたように僕のところにやってきて、膝の上にあがり、体を丸めて眠り込んでしまった」（傍点引用者）

このあたり、どことも知れないところに姿を消していて、ようやく帰ってきた猫のリアルな行動を描いて、間然するところがないですね。一年ぶりの再会に抱きあって喜ぶというのではなく、飼い主なんかそっちのけで、あえぐようにして鮪の切り身を貪り食うワタヤ・ノボル。感傷を排して、猫の生態を写生する村上の筆致の確かさをうかがわせます。「僕」の膝に乗り、体を丸くして眠り込むのも、「ふと思い出したように」とあって、冷淡といえば冷淡、そこが猫独特の魅力で、クールなものです。猫はその名の通り、ともかくよく眠る動物なんですね。それから、電気猫とムラカミ・アンドロイドの至福の安らぎの瞬間がやって来ます。

「猫は前脚を体の内側にたくしこみ、顔を自分の尻尾の中に埋めるようにして眠っていた。最初のうちはごろごろという大きな声を出していたが、それも小さくなり、やがてあらゆる防備を解いて泥のように眠り込んでしまった。僕は日当たりのいい縁側に座って、猫を起こさないようにそのからだを指でやさしく撫でた。身の回りでいろんなことが立て続けに起こったせいで、正直なところ、猫がいなくなったことをろくすっぽ思いだしもしなかった。でもこうして膝の上に、この小さくて柔らかい生き物を抱いていると、そしてその生き物が僕を信頼しきったように熟睡しているのを見ると、胸が熱くなった。僕は猫の胸のあたりに手をあて、その心臓の鼓動を探ってみた。微かな速い鼓動だった。でもそれは僕の心臓と同じように、その身体（からだ）のサイズに応じた時間を休みなく真剣に刻んでいた」（傍点引用者）

「猫がいなくなったことをろくすっぽ思いだしもしなかった」というところなど、本当にこの主人公は「正直」ですね。くどいようですが、「ノラや、ノラや」と泣いている百閒先生とは大違いですね。「僕は猫の胸のあたりに手をあて、その心臓の鼓動を探ってみた。微かな速い鼓動だった」、これはムラカミ猫のみならず、猫文学の歴史の上でも最高級のレベルにランクされる名文ですが、それがアンドロイドが電気猫の鼓動を確かめているような気配もあって、とてもリアルですね。奥さんが家出して失踪してしまい、最新短篇集のタイトルにあるような「女のいない男たち」の一人になってしまった主人公の岡田亨が、縁側で猫と心を通わせている光景が胸に迫ります。

Q 「縁側」というのも、作者がこの長篇で新たに採用した生活空間ですが、猫と親しむにはぴったりですね。

A 縁側と猫の組み合わせは、『ノルウェイの森』にすでに見出されます。第十章で吉祥寺に引っ越した主人公が、

「僕は縁側で『かもめ』を撫でながら柱にもたれて一日庭を眺めていた」(「かもめ」はいわしの次のムラカミ猫の名前です)

という風流なことをしている場面があります。『ねじまき鳥』では、「しかし、縁側というのはやはりいいものだね」と、亨に家を貸した叔父が言います。「なんといっても、縁側には縁側の心も

ちというものがあるね」。私小説のうらぶれた主人公みたいに岡田亨が鬱々としていないことに注意すべきでしょう。奥さんがいなくなっても、彼には妙に孤高なところや、湿っぽい孤独感がありません。孤独感があるとしても、アンドロイドのクールな孤独感です。電気猫の夢を見るアンドロイドの孤独感。「かわいそうなねじまき鳥さん」と、路地で知りあった十五歳の笠原メイに同情されますが（亨はこの女の子に「ねじまき鳥」と自己紹介したのです。ということは亨もまた、戦争や暴力を象徴してギイイイイッと鳴く「ねじまき鳥」と無縁ではないということですね）、一方では、「ねじまき鳥さん、あなたのまわりにはいったい何人女の人がいるのかしら。奥さんは別にして」とあきれられる始末です。「やれやれ」と「僕」も慨嘆します、「笠原メイ、加納マルタ、加納クレタ、電話の女、そしてクミコ。たしかに笠原メイが言ったように、最近の僕のまわりにはいささか女の数が多すぎるような気がする」。亨は心の内面に沈潜して悶々とするより、縁側にいて猫にかまけるほうが好きなのです。「猫は前脚を体の内側にたくしこみ、顔を自分の尻尾の中に埋めるようにして眠っていた」というところなど、猫独特の姿態が目の前に浮かぶ描写になっていますね。そこでワタヤ・ノボルという名前が、今ではこの猫にはふさわしくないことに、主人公は思い至ります、

——

「豆腐やら野菜やら魚やらを整理して冷蔵庫に入れて、念のために縁側に目をやると、猫はまだ同じ恰好のままで眠っていた。目つきがどことなくクミコの兄に似ていたせいで、僕らは

その猫を冗談でワタヤ・ノボルと呼んでいたが、それは正式な名前ではない。僕とクミコはその猫に名前をつけ損ねて、結局そのまま六年間も過ごしてしまったのだ。／でもたとえ冗談半分にせよ、『ワタヤ・ノボル』という呼び名はあまりにも不適当なものだった。六年のあいだに実物の綿谷ノボルの存在がずいぶん大きくなってしまったからだ。そんな名前をいつまでも我々の猫におしつけておくわけにはいかない」（傍点引用者）

そこで亨は、猫が戻って来たときに、たまたま鰆を買ってきたことを思い出し、この猫にサワラという名前をつけることを思いつきます。ここでも、『羊をめぐる冒険』で「いわし」と命名された猫と、『ねじまき鳥クロニクル』で「サワラ」と改名される猫との、同じ魚の名前による繋がりを指摘できますね。

「僕は猫の耳のうしろを撫でながら、いいか、お前はもうワタヤ・ノボルなんかじゃなくて、サワラなんだ、と教えた。僕はできることならそのことを世界中に大きな声で告げてまわりたかった」

これなんか恋する少年が、恋人の名前を「世界中に大きな声で」告げてまわりたくなるような気持ちが出ていますね。サワラは亨の恋人なんですね。ですからクミコさんの代わりになるような猫なんですね。サワラが帰って来たことは、クミコが帰って来る前兆になるかもしれません。「僕」は猫が帰ってきたときに鰆を買ったことを、「猫にとっても僕にとっても、祝福すべき善き前兆であるように」考えます。クミコも同じように考え、牛河という綿谷ノボルの使い走りの男の仲介で、コンピュータを使って亨とクミコが話し合うことができるようになると、クミコは、

「すべてにはしるしというものがあるし、だから私はあのときになんとかいなくなった私たちの猫を探しだそうとしていたのです」と言い、亨が猫が帰ってきたことを告げ、サワラという名前をつけた、と報告すると、「あの猫が生きていてくれてほんとうに嬉しい」

と答えます。このあたり、電子メールでやりとりされる猫の話で、電気猫と言うほかありませんね。そして実際、猫の帰還は善き前兆で、亨はその後、新宿駅の西口広場で（加納マルタに継ぐ）赤坂ナツメグという霊能者と出会い、大金を稼ぐ目安がつくようになるのです。

Q 電子メール→電気猫→霊能者と繋がるんですね。さて、『ねじまき鳥』におけるムラカミ猫の段は、これでお仕舞いと考えてよいのでしょうか？

A いやいや、もう一段、牛河にかかわるムラカミ猫の話があります。牛河というのは『1Q84』にも再登場するとてもおもしろいキャラクターで、ちんちくりんの福助頭などと悪口を言われますが、『ねじまき鳥』では第3部『鳥刺し男編』の14章「待っていた男、振り払うことのでき

ないもの、人は島嶼にあらず」という長いタイトルの章で初登場して来ます。この14章の書き出しは牛河登壇の前触れをなすパートで、猫（サワラ）と牛河の関係を考える上でも興味深いところです。主人公の亨は、井戸のある近所に新築した家の「仮縫い部屋」で、心を病む夫人たちにオカルト療法をほどこす仕事を終えた後、元の自分の家に戻って来たところです。僕は『ねじまき鳥』では、このあたりのページがいちばん好きですね。できるだけ長く引用しますから、文章のリズム（村上の英訳者ジェイ・ルービンのいわゆる『ハルキ・ムラカミと言葉の音楽』）をじっくり味わってください、——

「夜の八時を過ぎてあたりがすっかり暗くなると、僕はそっと裏の戸を開けて路地に出る。身をひねらなくては抜けられないくらいの狭い小さな扉だ。高さ一メートル足らずの扉は塀のいちばん隅に巧妙にカモフラージュされて作られ、外から見たり触ったりしただけではまず出入口だとはわからない仕組みになっている。路地はいつもと同じように、笠原メイの家の庭の水銀灯の白く冷めた光を受けて夜のなかに浮かび上がっている」

アンドロイドが夜行する雰囲気ですね。電気猫の夢を見ながらアンドロイドが路地を抜けて行くのです。ここはひょっとすると世間のムラカミ・フィーバーから身を隠して暮らす作家自身の住まいを、アレゴリカルにあらわしているのかもしれません。〈オカルト〉というのは「覆い隠す、隠蔽する」の意味を含みますから、こうして世間から自らを隠蔽する作家はオカルトとしか言いようがありません。しかしむろん、村上の主人公は「ねじまき鳥」という名前を持ちながら、「ねじまき鳥」が象徴するオカルト的なるものからもっとも遠いところへ逃亡しようとするのです。ムラカミ的オカルトが周囲のオカルトと、静かな白熱のツバゼリ合いを演じるんですね。先の引用に続いて、――

「僕は素早く扉を閉めると、急ぎ足で路地を抜ける。家々の居間や食堂の裏側を通り過ぎ、垣根越しにそこにいる人々の姿をちらっと目にとめる。人々は食事をしたり、テレビのドラマを見たりしている。様々な食べ物の匂いが、台所の窓や換気扇から路地に漂いでてくる。ヴォリュームを落とした電気ギターで速いパッセージの練習をしている十代の少年がいて、二階の窓には机に向かって勉強をしている小さな女の子の生真面目な顔も見える。夫婦の諍いの声が聞こえてくる。赤ん坊の激しい泣き声が聞こえる。どこかで電話のベルが鳴る。容器に入りきらずにまわりからどんどんこぼれ落ちる水のように、現実が路地に溢れ出る。音として、匂いとして、映像として、求めとして、答えとして」

ヒッチコックの『裏窓』を思わせる、〈群集の人〉（ポー）の視線を感じさせる映画的情景です。電話が鳴り、「現実が路地に溢れ出る。音として、匂いとして、映像として、求めとして、答えとして」

というのは、オーラを帯びたカルト作家の姿を暗喩しているようです。そして牛河の先触れのようにしてムラカミ猫が姿を見せます。もう一冊のムラカミ猫巨篇『海辺のカフカ』と同様の、現在形の多用に注意しましょう（文法で言う「歴史的現在」というやつですね）。次第にミステリー・タッチの緊迫感が高まります。ただし、銃を持って潜んでいる悪漢と戦うというのではなく、猫の面倒を見てやるというところが、ハードボイルドなミステリーを脱構築する、いかにもムラカミエスクな展開です（フィリップ・マーロウが猫の世話をする情景など想像できますか?）。

「家は巨大な動物の抜け殻のように、暗く静かに僕の前にうずくまっている。僕は台所の勝手口の鍵を開け、明かりをつけ、猫の飲み水を取り替える。そして戸棚からキャットフードの缶を出して開ける。サワラはその音を聞き付けてどこからともなくやってくる。そして僕の足に何度も頭をこすりつけてから、うまそうに食べはじめる。［……］僕はビールを飲みながら膝の上に猫を抱き上げ、そのからだの温かみと柔らかさを自分の手の中で確認する。我々が今日という一日をそれぞれに別の場所で過ごし、それぞれに家に戻ってきたことを確認する」（傍点引用者）

Q　ほんと、フィリップ・マーロウかリック・デッカードですね。凄惨なガン・ファイトがあったあとで、自分の事務所に帰って来た私立探偵かブレードランナーをほうふつとさせます。ただし、おっしゃるとおり、猫と戯れるところがとてもムラカミ的な道具立てです。この猫も「どこからともなくやってくる」空飛び猫、電気猫の一族なんですね。

A しかし「僕」はいつもとは違う気配を感じます。「僅かに煙草の匂いがする。どうやら家の中には僕以外の誰かがいるようだった」。ヘビースモーカーの牛河顔見世の気配です。彼は居間のソファーに座って、馴れ馴れしい口調で「僕」に話しかけます、――

「ごめんなさいね、その猫にはちょっと前に御飯をあげちゃったんです。〔……〕いやね、ここでずうっと岡田さんのことを待たせてもらってたんですが、あんまりうるさく足にまとわりついて鳴くもので、勝手に棚からキャットフードを出してあげました。わたし、実を言いますとあまり猫が得意じゃないんです」

これがムラカミ・ワールドに登場した牛河という男の最初のせりふ、いわば第一声です。「あまり猫が得意じゃない」と言いながら、猫の話題から関係をつけ始めたり、猫が足にまとわりついたりするところを見ると、案外、猫と牛河は相性がいいようです。その証拠にわれわれは『1Q84』で、猫に近しい牛河を認めることになるでしょう（「コーダ　ニューヨークの『うずまき猫』」参照）。ここは牛河の用件を仔細に説明する場ではありませんので、「僕」と牛河（そして牛河が「先生」と呼ぶ綿谷ノボル）の確執は割愛しますが、牛河とサワラの関係に限って言っても、

「猫が足元にやってきて甘えるように短く鳴いた」、「僕は床に腰を下ろして猫の頭を撫でた。そして何も言わなかった。牛河はしばらく僕と猫を眺めていた」

等々とあって、牛河と「僕」のかたわらに猫が魔神（ジン）のように寄り添うさまが観察されます。そして猫と牛河の段は（間に十五、十六章と、二章置いて、十七章の「世界中の疲弊と重荷、魔法のランプ」で）次の卓抜な数行をもって幕を閉じます、——

「牛河がいなくなると僕は窓を開け、中にこもっていた煙草の煙を外に出した。それからグラスに水を入れて飲んだ。ソファーに座って、猫のサワラを膝の上に抱き上げた。そして牛河が家から一歩でると変装を脱ぎ捨てて、綿谷ノボルに戻るところを想像した。でもそれは馬鹿げた想像だった」（傍点引用者）

「馬鹿げた想像だった」と言うのは、否定しながらそのことに言及する、レトリカルな言い回しで、綿谷ノボルの牛河への変装を否定するわけではありません。むしろ、〈牛河／綿谷〉の交換可能な関係が成り立つところに、村上の人物造型におけるペルソナ（仮面）の効果を指摘しないではいられません。そしてそこでは変幻する猫が重要な役割を果たしているのです（「猫のサワラを膝の上に抱き上げた」)。

Q 『ねじまき鳥クロニクル』は仮装舞踏会の様相を呈し始めるんですね。モーツァルトでいえば、『魔笛』というより『ドン・ジョヴァンニ』でしょうか。それとも映画『アマデウス』?

A 仮面を取ると、女にも男にもなる、『海辺のカフカ』の性同一性障害の大島さんの例もありますしね。いずれにしても電気猫の夢を見るアンドロイドの一族です。『ねじまき鳥クロニクル』に戻っていうと、むろん『ねじまき鳥』のムラカミ猫の話はこれで終わるわけではありません。ムラカミ猫の退場には牛河などというチンケな道化では力不足でしょう。だからこそ作者は牛河退場の段で、綿谷ノボルに変身する牛河という「馬鹿げた想像」を主人公にさせたのです。実際に——と言ってよいかどうか、夢の中の話ですから、微妙なところですが——ムラカミ猫最大のイコンであるサワラが小説から姿を消すのは、「僕」が夢の中で加納マルタと向かい合って電話で語り合う、奇想天外な場面においてです。ここでも『村上春樹は電気猫の夢を見るか?』というタイトルが成立する有様を、あなたは目の当たりになさるでしょう。なぜなら猫はここでも、霊能者・加納マルタのふしぎな電話を通してやりとりされる、電話猫にほかならないからです。

Q 加納マルタともしばらくお目にかかっていませんね。作中にも、やはり彼女から電話があった後で(加納マルタは徹頭徹尾電話の女なんですね)、——

「受話器を戻してから、僕はもう一度ガラスに映った自分の姿を眺めた。そしてそのときにふと思った。ひょっとして、僕が加納マルタと話をすることはもう二度とないのではないだろうか、これを最後に彼女は僕の前から完全に姿を消してしまうのではないかと。とくに何かの理由があってそう思ったわけではない。ただ、ふとそう感じたのだ」（第2部12章）

という作者の注のような文章もありましたね。そうですか、加納マルタも戻って来るのですか。

Q そうなんですよ、彼女も戻って来ます。「僕」の予感にもかかわらず、彼女は戻って来るんです。電話の女の加納マルタなら電話猫のサワラと互角に張りあえるんです。加納マルタにそう簡単に退場してもらっては困るのです。村上春樹は前言撤回 **palinodie** をします。ここにはムラカミ猫だけではなく、加納マルタを始めとして牛河も姿を見せ、言わばグランド・フィナーレで主要登場人物が揃い踏みするわけですから、村上の読者サービスの徹底ぶりもここに極まれりといったところです。僕は作家のこういうサービスは必要だと思うんですね。いや、サービスというより、サワラや牛河や加納マルタに最後にもう一度会いたい、会ってさようならを言いたいという、読者の気持ちに応える作家だましいと言うべきでしょう（そういえば河合隼雄に『猫だましい』という本がありましたね。河合によれば、「だましい」というのは、「だまし」と「たましい」をかけた言葉だそうです）。亨は加納マルタを目の前にして電話で話をします。――そうなんです、加納マルタは電話の女なんです。電話で登場し、電話で退場する、電話の女です。――そういう異常な状況にありながら、それが夢のなかだからでしょうか、亨は大して違和感を覚えていないようです、――

「『［……］もしもし、岡田様……、聞こえていらっしゃいますか？』／『もしもし』と僕は言った。気がつくと僕はいつのまにか受話器を持って耳にあてていた。そして加納マルタもテーブルの向かいで受話器を持っていた。電話の声はまるで具合のよくない国際電話みたいに遠くに聞こえた」

最後の一行ではつい声に出して笑ってしまいます。これはムラカミ電話でも、もっとも秀逸な場面でしょう。奇怪で、ユーモラスで、呪術的な雰囲気に満ちています。加納マルタという妙に丁寧な言葉遣いをする女は、そもそも初登場したときからして、「僕」に電話をかけてきたのでしたね。そのやりとりを思い起こしてみましょう、――

「もしもし」と女の声が言います。「オカダ・トオル様のお宅はそちらでいらっしゃいますでしょうか?」「そうです」「オカダ・クミコ様のご主人でいらっしゃいますか?」「そうです。オカダ・クミコは僕の妻です」「ワタヤ・ノボル様は奥様のお兄様でいらっしゃいますか」「そうです」と「僕」は辛抱強く答えます。「たしかに綿谷昇は妻の兄です」「私どもはカノウと申します」しばらく沈黙があって、「もしもし」と「僕」が声をかけると、女は「どうも失礼いたしました。それではまたあらためてお電話申し上げます」

と言って電話を切ってしまいます。女はべつに異常なことを喋るわけではありません。彼女はきわめて正常です。正常すぎるというべきかもしれません。その結果、きわめて正常なことを喋っていながら、正常すぎる喋り方の異常さがきわだつことになります。おもしろいことには、「僕」にまで相手の正常すぎる話し方がうつってしまったようで、「僕」もいつもの話し方のペースを失って、妙に丁寧な言葉遣いをしています。ここに電話女と電話男、アンドロイドとアンドロイドの対話が成立します。とりわけ彼女の電話の切り方は、とても礼儀正しいのだけれど、肝心の電話の用件がまったく欠落しているために、中身の空っぽの電話のマナーだけが浮かび上がり、狐につままれたような後味を残すのです。こうして登場の段階からして電話のふしぎな話し方で特徴づけられる加納マルタという女性は、いつも赤いビニールの帽子をかぶって現れるという奇矯さもさることながら、その退場の場面においても、向かいあって電話で話すという、滅多に体験できないシュールな体験を「僕」に味わわせてくれるのです。

Q　それで猫は？　猫はどうなったんですか？

A　そう、このとても近くてとても遠い電話の場面はしかし、「僕」が「実は猫が帰ってきたんです」と切り出すところでハイライトを迎えることになります。ここでも二人が面と向かい合いながら電話で猫の話をしていることを忘れないで下さい。二人の会話のあわいに電話猫があらわれることに注意して下さい。加納マルタは亭の言葉に半信半疑で、

「猫が戻ってきた？」と問い返します。「その猫には外見的にとくべつに変わったところはありませんでしたか？　いなくなる前とはここが違っているというようなことは？」そういえば、と「僕」は気づきます、「尻尾のかたちが前とはちょっと違うような気がしたけれど［……］。帰ってきた猫を撫でたときに、昔は尻尾がもっと深く折れ曲がっていたんじゃないかとふと思ったんです」。するとマルタはあっさりと、――「申し訳ありませんがその猫の本物の尻尾はここにあるのです」

そして『ねじまき鳥』全3部作を通じて、ムラカミ電話猫・地上最強最大のクライマックスがやって来ます、――

「そう言って加納マルタは受話器をテーブルの上に置き、するりとコートを脱いで裸になった［マルタはトレンチコートを着ていますが、「その下に何も着ていないことは僕にはわかった。女の裸の皮膚の匂いがかすかにした」と少し前にあります］。彼女はやはりコートの下には何も着ていなかった。［……］彼女の尻にはたしかに猫の尻尾がついていた。それは彼女のからだのサイズに合わせて実物よりずっと大きくなっていたが、でもかたちそのものはサワラの尻尾と同じだった。そしてそれは先のところで同じようにしっかりと折れ曲がっていたし、その折れ曲がり方はよく見ると今のサワラの尻尾よりもずっとリアルで説得力があった」

Q ついにサワラが加納マルタの尻で電話猫の本性をあらわしたんですね。彼女の尻尾は電話のコードのように折れ曲がっているんですね。

A 亨がその尻尾に手で触れようとすると、マルタは尻尾を振って彼の手を逃れます。彼女は裸のままテーブルに飛び乗り、

「岡田様、加納クレタ［マルタの妹。幽体離脱をことする巫女的女性。亨と夢の中で交わり、現実でも夢の中と同じ服を着て交わる］の生んだ子供の名前はコルシカです」

と、ほとんど意味不明瞭のことを口走ります。

「その尻尾は鋭くうち振られていた」

というところは、まさにムラカミ電話猫のアポテオーズ（頂点）ですね。そのとき、どこからか牛河があらわれ、（ジョン・ダンの詩を一行引用して）「人は島嶼にあらずというやつですね」と「茶々を入れ」ます。このあたり、支離滅裂なことを喋っているように見えて、マルタは「コルシカは岡

田様の子供ですよ」と言い、牛河は「岡田さんも一人ではいられなかったということですね」という含みを持たせたのかもしれません。とまれ、これが『ねじまき鳥』における牛河の最後の発言かと思うと、まことに名残り惜しいというほかありません。作者（と読者）のこの残念な気持ちが、『1Q84』における牛河の再登場を促したのでしょう。

Q ウーン、そこまでやるか、というしかありませんね。牛河もマルタも、脈絡のあるような、ないようなことを突発的に喋って、長篇の頂点を迎えるというのが、なんとも至高のムラカミ調ですね。

A 夢のなかとはいえ、電話の女・加納マルタ、電話猫のサワラ、魔人牛河と勢揃いしたこの場面は、『ねじまき鳥クロニクル』のフィナーレにまことにふさわしい幕切れと言わなくてはなりません。ここにおいて『村上春樹は電気猫の夢を見るか？』という問いはまったき実現を見るのです。『羊をめぐる冒険』のラストと同じように、『ねじまき鳥』ラストでも、「猫はどうなったんだろう？」という「僕」の質問に、

「猫はシナモン［赤坂ナツメグの息子］がちゃんと面倒を見ているから大丈夫よ」

という読者を安心させてくれる答えが用意されます。そして愛するクミコですが、彼女が亨に書く手紙の最後のメッセージがまた、電話猫のサワラに関する心のこもった言葉になるのです、——

「どうか猫を大事にして下さい。私はその猫が戻ってきたことを本当に嬉しく思っています。たしかサワラという名前でしたね。私はその名前が好きです。あの猫は私とあなたとのあいだに生じた善いしるしのようなものだったのだと、私は思っています。私たちはあのときに猫を失うべきではなかったのですね。／／これ以上何かを書くことは私にはできません。さようなら」

Ⅲ 『スプートニクの恋人』、あるいは猫とすみれのフーガ

Q 『ねじまき鳥クロニクル』に関しては、もう一つ最後の質問があります。この長篇の象徴的な場所である井戸の持つ意味は何でしょう? 主人公はなぜ井戸に入るのでしょう? そして井戸は猫と関わりがあるのでしょうか?

A 当初の目的として考えられるのは、主人公が路地にある涸れ井戸に降りていくのは、いなくなった奥さんのクミコとのこれまでの生活を振り返るためなんですね。井戸の底で、どうして奥さんが逃げて行ったのか、深く反省するわけです。『ねじまき鳥』のもっとも深刻な場面ですが、そこに——外から、つまり客観的に見ると——一抹のユーモアが漂うところが、さすがムラカミ・ドラマツルギーですね。ここには一種の出家遁世の願望もあるかもしれません。村上にはどこかそういう願望があるんですよ。でも、なんか突発的に亨は井戸に降りていくみたいな書き方がしてあります。目的というものが薄れていって、奇妙な行動ばかりが浮かび上がってくる。それとともに『ねじまき鳥』の謎が深まり、長篇が得体の知れない深度を獲得していきます。実際、亨はゆきあたりばったり、思いつきで行動しているようですが、それがかえって彼の魅力になるんですよね。第一回目

の井戸への降下は、――

「ひと息ついて井戸の底に腰をおろし、壁に背中をもたせかけた。そして目を閉じて、からだをその場所に馴染ませた。さて、と僕は思った。僕は今このようにして、井戸の底にいる」（第2部5章）

ワタヤ・ノボルとの決死の決闘に赴くときには、――

「壁に取り付けた鉄の梯子をつたって真っ暗な井戸の底に下りると、僕はいつものように手探りで、壁に立てかけておいた野球のバットを捜し求める。僕があのギターケースの男のところからほとんど無意識に持って帰ってきたバットだ。井戸の底の暗闇でその古い傷だらけのバットを手にすると、不思議なくらい気持ちが安らいだ」（第3部9章）

この光景だけを切り離して見ると、これはじつに奇怪な主人公の行動です。井戸の底で男が一人何かやっているのです。常識的に考えれば、狂気の沙汰です。前者の引用では、まあ隠者の心境で、井戸の底で瞑想に耽りたかったんだろうな、という程度の説明はつくのですが、後者の引用となると、なんともわけが分かりません。バットというのは、話せば長くなるので端折りますが、新宿である男と喧嘩したときに奪い取ったバットです。しかし何のために亨はそんなものを井戸の底で握りしめているのでしょう？〈壁抜け〉して、ホテルの208号室に潜入するため？　宿敵ワタヤ・ノボルと戦い、妻のクミコをとり戻す？　バットで不倶戴天の敵と戦うことができるなどと、本気で考えているのでしょうか？　理性的に説明のつく状況ではないのです。亨のこういう支離滅裂な行動を一個の理性のある人間の行動として考えるから、わけの分からない混乱に陥るのです。

Q　本書のタイトルがヒントになりそうですね。

A　そうです。本稿のタイトルに即して、『村上春樹は電気猫の夢を見るか？』という問いを立てれば、いっさいが腑に落ちるのです。亨の行動のパタンは電気猫の夢を見るアンドロイドのそれに他なりません。瞑想に耽るために井戸の底に降りてゆくといえば、理に落ちて納得できるんですが、どうもそうじゃないですね。亨はそんな納得をさせてくれません。どこまでも彼には『1Q84』のQ（question）がついてまわるのです。いわしかサワラの尻尾のように渦を巻くQですね。ですから彼は謎めいて魅力的なんです。そうなんです、電気猫の夢を見るアンドロイドなら、こういうふしぎなことをしてもおかしくありません。

Q　岡田亨がアンドロイドで井戸の底に下りていくと言われても、はあ、そうですか、と納得するのは難しいですね。電気猫の夢を見るためにどうして井戸の底に下りていくのですか？

A　ここは岡田亨の立場を離れて、彼が夢見る電気猫の突飛な行動ということで考えてみましょう。なんといっても、ディックの『アンドロイドは電気羊の夢を見るか？』でも、アンドロイドと電気羊は対になっているんですからね。村上の文章から引きますと、彼が子どもの頃に飼っていた猫の、こんなエピソードがあるのです。電気猫の祖形になった「空飛び猫」のアイディアをいただいた本ですが、帯に「翼のないアレキサンダーと空飛び猫たちの素敵な出会い！」とある、村上春樹訳、アーシュラ・K・ル＝グウィンの『素晴らしいアレキサンダーと、空飛び猫たち』の訳注に、これは井戸に降りるのではなく、松の木に上る猫の話があるのです、——

「個人的な話ですが、僕［村上］が子供のころ飼っていた子猫も、庭の高い松の木にのぼったまままずっと下りてきませんでした。きっとのぼるのはのぼったけれど、下りるのが怖くなって、下りてこられなかったんですね。そしてそのままいなくなってしまいました。あの猫はいったいどうしちゃったんだろうなと、いまでも不思議に思います。でもきっと、ほんとうに怖かったのでしょうね。僕も高所恐怖症なので、その気持ちはよくわかります」

高所恐怖症のムラカミ少年が井戸の底に降りるのは、自然な振舞いではありませんか。この消滅する猫を松の木の上に見る少年は、『ねじまき鳥』で井戸の底に下りて行く亨と似ていませんか？そして井戸にこもる隠者のような亨の姿は、テレビなどマスメディアに姿を見せない村上春樹その人の神秘なオーラに包まれた姿を思わせませんか？　猫＝亨＝ムラカミという等号が成り立つのではありませんか？

Q 上記の引用は訳者の村上のつけた注ですね。原作者のアーシュラ・K・ル＝グウィンの元の文章は、どうなんだろう？　と関心をお持ちの方もいらっしゃるのではありませんか？

A そこのところをちょっと説明しますと、アレキサンダーという猫が世界を探検してやろうと家を出たところ、二匹の猟犬に追いかけられ、松の木のてっぺんに駆け上って、そこから下りられなくなっちゃったのです。なんだ、犬に追っかけられたのか。アレキサンダーには木に駆け上る理由がちゃんとあるじゃないか、とおっしゃる方がおいででしょうが、ここではル＝グウィンの童話を村上が訳して、注をつけたところに注目していただきたいのです。村上の注に出て来る彼自身の体験談に耳を傾けるべきなんです。そこには猫が松の木のてっぺんに駆け上った理由は、まったく書いてなかったのです。この点については、河合隼雄が前にふれた『猫だましい』のなかで、ル＝グウィンの『空飛び猫』シリーズと訳者の村上春樹を引いて、これを「なぜなし」ファンタジーとして称揚しています。「なんのためにとか、なぜなどと言うことはない。人間はなぜなしに生きているのだから、人生を語るファンタジーは、なぜなしに成立する」。「なぜなし」に生きる猫の生き方に学びなさい、と河合さんは言うのですね。河合先生のこの銘言を頭にキープした上で、『素晴らしいアレキサンダー』の当該の箇所を、村上の訳文で読んでみましょう。これはほとんどもう村上の文章といってもよい名文です、――

「日が暮れてきました。しんと静まりかえった冷たい空気の中を飛びかう鳥たちの姿は、もうほとんど見えません。鳥たちよりもさらに上のほうで、アレキサンダーは木にじっとしがみついていました。小さな鋭い爪をしっかりと幹に食いこませ、毛はぴんと逆だっています。目をまん丸く見開き、どんな音も聞きもらすまいと、耳をそばだてています。でももう犬の声は聞こえないし、それ以外の音も耳にとどきません。／『そろそろここから降りて、おうちに帰らなくちゃ』とアレキサンダーはひとりごとを言いました。そして下を見おろしました。／でもこれは……、なんて高いんだ。／地面だって、ほとんど見えないくらいです。／あたりを見まわしても、目につくのは木のてっぺんばかりです。おまけに木のてっぺんはみんな目の下にあります。どうやら森の中でも、いちばん高い木を選んで上ってしまったみたいです。そして手の動かし方をちょっとでもまちがえたら、そのまますとんと下に落ちてしまいそうです。／アレキサンダーはしっかりと木にしがみつきました」

木に上るのと井戸に下りるのとの違いはありますが、アレキサンダーが抱く印象と、岡田亨が抱く印象は、非常によく似ています。アレキサンダーは犬に追われて、岡田亨は自分から進んで、ですが、おなじスリル、おなじ孤絶感、おなじ深淵の印象があります。これはそのまま村上が子供の頃に飼っていた猫の置かれた状況ですが、そこにムラカミ少年の深い、深い、目のくらむような孤絶感が重ねられています。村上はル＝グウィンの文章を訳しながら、彼自身が幼児に目撃した猫の奇妙な、説明のつかない出来事を思い出し、そこに自分自身を投影しているのです。井戸の底と松の木のてっぺん、深淵と頂点が一致したのです。そこでアンドロイドが電気猫の夢を見始めたのです。実体験に裏打ちされているからこそ、訳文もこなれた、生き生きした文章になっているのです。

Q 村上の解釈によれば、このル＝グウィンのアレキサンダーも、井戸に下りた亨と同じように、不可解な衝動に駆られて、高い木のてっぺんに駆け上ってしまったというのですね。

A そうです、そういう不可思議な行動を取る猫を村上は子供の頃に見て、『素晴らしいアレキサンダー』に先に見たような注をつけたんですね。もっとも、それだけなら単なる体験談ですんでしまいますが、村上はさらにこのエピソードを小説で使っています。「人喰い猫」という単行本未収録の短篇です。それだけじゃありません。長篇の『スプートニクの恋人』でも使っています。短篇と長篇、二篇の作品で使った体験となると、只事じゃありませんね。長篇には後でふれるとして、短篇からいきますと、「僕」とイズミという女性は不倫関係にあって、ひょんなことから二人とも配偶者に浮気がばれてしまい、仕方なくギリシャの小さな島に逃避行して暮らしています。毎日やることがなくて退屈しているときに、「僕」がイズミに、松の木のてんぺんで消えてしまった猫の話をするのです。ここも、話そのものをまるごと呑み込んでいただくために、少し長いですが、できるだけ全文を引用しましょう。『村上春樹全作品 1979-1989』⑧「短篇集Ⅲ」にしか収録されていない作品ですから、お読みになった方もそんなにいらっしゃらないと思います。「小学校の二年生か三年生か、それくらいのときの話だよ」と「僕」は話し始めます、——

「『そのころ僕はけっこう大きな庭のある社宅に住んでいた。庭には古い松が生えていた。見上げても枝の上の方がよく見えないくらい高い木だった。あるとき僕が縁側に座って本を読んでいると、うちで飼っていた三毛猫が庭でひとりで遊んでいた。よく猫がやるだろう、ひとりでぴょんぴょん跳んだりはねたりするやつだよ。猫はすごく興奮していて、僕が見ていることにもまったく気がつかないみたいだった。僕は本を読むのをやめて、ずっとそれを眺めていた。猫はずいぶん長いあいだそれを続けていた。まるで何かに取りつかれたみたいに、いつまでたってもやめなかった。ぴょんぴょんはねて、毛を逆立てたり、後ろに跳んだりしていた。それを見ているうちに、だんだん僕は怖くなってきた。まるで猫の目には僕には見えないものの姿が映っていて、それで興奮しているみたいに見えたんだ。そのうちに猫は『ちびくろサンボ』に出てくるトラみたいに、ものすごい勢いでぐるぐると松の木のまわりを走り始めた〔後で引用しますが、『スプートニクの恋人』ですと、「まるで絵本に出てくるバターになっちゃうトラみたいに」と有名な箇所への言及があります」。そしてひとしきり回ったあとで、一気に松の幹をいちばん上まで駆け上がってしまった。見上げると、ずっと上の枝の中に猫の顔が見えた。猫はまだすごく緊張しているみたいに見えた。猫は枝にじっと身をひそめて何かを睨んでいた。僕は猫の名前を呼んでみた。でも猫にはそれも聞こえないみたいだった』／『猫の名前はなんていったの？』とイズミが訊いた。／僕にはその名前が思い出せなかった。忘れた、と僕は言った」（傍点引用者）

体験（ル＝グウィンの『素晴らしいアレキサンダーと、空飛び猫たち』につけた村上の訳注）から小説「人喰い猫」（フィクション）へ。おどろくべき昇華があります。ここで少年が見ているのは、もう紛れもなく電気猫の行動ですね。この猫はふしぎな〈通電状態〉にあるのです（後出『海辺のカフカ』ナカタさんの夢参照）。ここでもまた猫の命名をめぐる漱石の『吾輩は猫である』的問題が浮上してきますね。『羊をめぐる冒険』の「いわし」という猫の命名の儀式、『ねじまき鳥クロニクル』のワタヤ・ノボルからサワラへの改名のいきさつを思い起こして下さい。「人喰い猫」では、「僕にはその名前が思い出せなかった。忘れた、と僕は言った」というところが不気味でムラカミエスクです。『海辺のカフカ』を論じるⅣ章で、黒猫のオオツカさんが自分の名前を訊かれて、やはり「忘れた」と答える場面がありますから、この返事はよく記憶にとどめておいて下さい。アンドロイドがムラカミ電気猫の夢を見るのはいつでも、『ノルウェイの森』のワタナベが「かもめ」を撫でてやり、『ねじまき鳥クロニクル』の亭がサワラと遊んだ、あの縁側ですね。ムラカミ猫は縁側に縁があるのです。このこともしっかりと記憶にとどめて下さい。「僕」の話の引用をもう少し続けます。

「『そのうちに夕方が近づいてあたりはだんだんうす暗くなってきた』と僕は言った。『僕はなんだかすごく気になったんで、ずっと猫が下りてくるのを待っていたんだ。でも猫は下りてこなかった。やがてあたりは真っ暗になった。そして猫はそれを最後に姿を消してしまったんだ』」

お分かりのように、村上は怪談の語り口を使っています。『レキシントンの幽霊』所収の表題作や「七番目の男」(高波に襲われた親友の姿を「その先端の波がしらの中に、その透明で残忍な舌の中に」はっきりと認める話)など、村上はホラーの名手ですが、その嗜好と力量が、「人喰い猫」の「僕」の話にもよくあらわれています。実際にこういう猫の行動を見た者でなければ書くことのできないリアリティがありますね。アレキサンダーと違って、このムラカミ猫は理由もなく松の木に駆け上ります。いや、理由はあるのでしょうが、「猫は枝にじっと身をひそめて何かを睨んでいた」とあるだけで、その「何か」が何であるかは書いてありませんね。猫はこういうふしぎな動きを見せます。松の木のてっぺんで緊張した顔を見せる猫が目に見えるようです。だいたい猫というのは緊張したりしないで、いつもリラックスしていますから、この情景の深刻さ、怖さがひしひしと迫ります。しかも猫の身に何が起こったか、書いてありませんから、怖さもひとしおです。「まるで猫の目には僕には見えないものの姿が映っていて、それで興奮しているみたいに見えたんだ」とありますが、その「もの」の正体は分からないんですよね。

Q たしかに猫を書いて村上の右に出る者はいない、ということが、この引用でよく分かりました。そういえば、昔、吉行淳之介でしたか、作家は女を描いて初めて一人前になる、というようなことを言っていましたが、女を猫に置き換えても同じことが言えそうです。

A　女と猫は似てるんですよ。ともにコケティッシュで、逃げるのがうまくて、臆病そうで、怯えやすい。かと思うと、おそろしく残酷なところもあるんですよね。短篇「人喰い猫」では、前者を代表する、この松の木に上る臆病な猫の話と、後者を代表する、タイトルになっている残酷な「人喰い猫」の話がセットになっています。

Q「人喰い猫」とはまた、おっかない感じの猫ですね。どんな猫なんですか？

A　話しちゃっていいのかなあ。こわい話ですよ。「人喰い猫」の話というのはですね、猫のさっき言った残酷な面をあらわすエピソードでして、「僕」がイズミに読んで聞かせる新聞記事にあった実話なんです。アテネ近郊の小さな町で七十歳の婦人が密室状態の部屋で亡くなり、飼っていた三匹の飢えた猫に食べられてしまったというんですね。二つの話にはとくに関連はありません。強いていえば、猫という生き物の不気味さがともにきわだつところでしょうか。受動（松の木の上で怯える猫）と能動（人を喰う猫）の違いがありますが、ともに恐怖（ホラー）が主題になっています。

Q　女性の持つ、さっきおっしゃった二面性もあるようですね。『ねじまき鳥クロニクル』では、行方不明になった猫のワタヤ・ノボル（サワラ）と、おなじく行方不明になった妻のクミコが重ねられていましたが、「人喰い猫」でも、「僕」のガールフレンドのイズミに、猫のそういう二面性が見られるのですか？

A　妻のクミコや猫のワタヤ・ノボルと同様、「人喰い猫」に出て来るイズミも確かにラストでいなくなりますが、イズミにはとくに怯えやすい女と、おっかない女という二面性はないようですね。

女性一般がそういう二面性を持ってるじゃないか、と言われれば、それまでですが。ただ一つ気になるのは、イズミという名前ですね。泉とか和泉じゃなくて、片仮名でイズミと書くと、なんかおっかない感じがしませんか。

Q　『国境の南、太陽の西』にイズミという女は出て来ません？

A　それを言おうと思っていたんですよ。村上春樹はネーミングに凝る作家ですから、いい加減に二篇の作品に同じ名前の、しかも片仮名のイズミを使うとは思えませんよね。なにかコノテーション（意味づけ）があるはずです。

Q　それは興味津々ですね。そのコノテーションを聞かせて下さい。

A「人喰い猫」の収録された『村上春樹全作品 1979-1989』⑧は一九九一年刊、「人喰い猫」と同じイズミの出て来る『国境の南、……』は一九九二年刊。時期的にも近接しています。ほとんど同時期に書かれたと思います。「人喰い猫」に出て来たイズミと『国境の南、……』のイズミは、経歴その他から見て同一人物ではありませんが、この二人のイズミには、モザイク状に同一のイズミが組み込まれている可能性があります。前にもちょっとふれましたが、安西水丸の本名「渡辺昇」を転用した『ノルウェイの森』のワタナベや、短篇「ファミリー・アフェア」（『パン屋再襲撃』所収。渡辺昇は「僕」が生理的に嫌っている妹の婚約者。作中でさんざんからかわれる）の、こちらは安西の本名をそのまま使ったコンピュータ技師の渡辺昇なんかは、その好例でしょう。ちなみに短篇「ねじまき鳥と火曜日の女たち」（同上）では猫の名前がワタナベ・ノボルになっていますが（「女房の兄貴の名前なんだ」と「僕」は説明します、「感じが似てるんで冗談でつけたんだよ」)、長篇『ねじまき鳥クロニクル』の冒頭にこの短篇が組み込まれるとき、猫の名前はワタヤ・ノボルに改名されます。『ねじまき鳥』の綿谷ノボルの前身はワタナベ・ノボルだったんですね。ことほどさように、転生するムラカミ電気猫ワタヤ・ノボルのネーミングには、手の込んだクリプト(隠蔽)がほどこされていたのです。

Q 『国境の南、……』のイズミって、どんな女でしたっけ? 忘れちゃいました。

A 名前と同じくらい、一度読んだら忘れられない、すごく印象深い女性なんですがね。この長篇の主たる舞台は、われわれが〈ムラカミ・ロード〉と名づけている東京の青山通り(246)に設定されているのですが、最初の部分は主人公のハジメ君の幼少時代の話で、神戸とおぼしき作者の故郷が舞台になっています(村上は京都生まれ、芦屋育ちなんですが、自分の故郷を「神戸」と海外のメディアには発信しています。高校も神戸高校で、これは『国境の南、……』に出て来ます)。ハジメ君とヒロインの島本さんは幼なじみの恋仲なんですが、事情があって離ればなれになり、会わなくなってしまって、その頃、イズミという高校(神戸高校)の同級生の女の子とつきあうようになります。でもイズミは潔癖なタイプで、ハジメ君にセックスはさせません。口や手で愛しあうだけです。ところがハジメ君は、性欲のはけ口を求めてもいたんでしょうが、こともあろうにイズミの従姉と「二ヵ月間に亘って脳味噌が溶けてなくなるくらい激しくセックス」をしてしまうのです。「僕は文字どおり精液が尽きるまで彼女と交わった。亀頭が腫れあがって痛くなるくらい激しく交わった」。当然、この関係はイズミに露見します。ハジメ君はイズミをどうしようもなく残酷に傷つけてしまったのです。そんなことがあって二十五年後、ハジメ君は島本さんと再会し、恋を再開するわけですが（『国境の南、……』のメインストーリーです）、その頃、ある人（高校の元同級生）から現在のイズミのうわさを聞いて、子どもたちがイズミのことを「怖がっている」ことを知ります。「あの子はもう可愛くはないよ」とその元同級生は言います。どんなふうにイズミが子どもたちを怖がらせるのか、松の木のてっぺんで猫が何かに怯えたように、例によって何も書いてありませんが、書いてないだけに、そしてハジメ君が青山でジャズバーを経営し、「ブルータス」で取り上げられるほど成功しているだけに、そして島本さんとの恋が再開して、幸せのいわば絶頂にいるだけに、何年も前に自分が傷つけた、不幸のどん底のイズミの怖さがじわじわと迫るようです。ほとんど同時期に書かれた「人喰い猫」のイズミと『国境の南、……』のイズミが、ある種の不気味さを共有するのは、当然でしょうね。

Q　聞いているだけで、背中がゾクゾクしてきました。お説のとおり、ムラカミという作家はホラーの名手なんですね。

A　そしてこの不気味さには、「人喰い猫」の「僕」とイズミが暮らしているギリシャの小さな島の「異物の影」が色濃く反映しているのです。「異物の影」とは異邦の影といってもいいかもしれませんが、外国、とくに辺境に長く暮らしていると、自然身についてしまう流浪するノマドの染みや汚れのようなものを指しています。外国の長期滞在者には、どうしたって放浪者の様子が身辺に漂ってしまいますからね。「人喰い猫」のなかのもっとも印象深いパッセージを引きます、——

「ここはヨーロッパ世界の文字どおりの端っこだった。そこには世界の端っこの風が吹き、世界の端っこの波が立って、世界の端っこの匂いが漂っていた。好むと好まざるとにかかわらず、ひとつの世界の末端というのはそういうものなのだ。そこには何かしら避けることのできない退嬰の色合いがあった。それは、異物の領域に静かに呑み込まれていくような感覚を僕に与えた。それは末端のその先にある、何か漠然とした、そして奇妙に親切な異物だった。港にたむろする人々の顔にも目つきにも肌の色にも、どことなくその異物の影が感じられることがあった」

これは凄い文章ですね。異郷に漂泊するムラカミの姿、その土地の風や匂いが浮かび上がるようです。ここには村上が一九八六年から八九年までイタリアとギリシャに滞在し、ギリシャの小さな島の「世界の端っこ」で暮らした体験が「異物の影」を落としています。「親切」というのは、外国で旅行者が受けるホスピタリティ（歓待）のことを言うのでしょうね。「人喰い猫」の話には「何かしら避けることのできない退嬰の色合い」が滲み込んでいます。それが松の木のてっぺんで消える猫の思い出にも転移しているのです。ギリシャの島には、そういう「退嬰の色合い」を湛えた猫が沢山棲息しています。短篇「人喰い猫」が村上のギリシャで出会った猫たちの持つ、「異物の影」

から生まれた作品であることは間違いないでしょう。ギリシャの島には猫が多いですし、猫っての は、われわれの善き隣人であると同時に、人間にとってのストレンジャーであり、善い意味での〈他 者〉なんですからね。この短篇についてではありませんが、この短篇を吸収し、発展させた長篇『ス プートニクの恋人』は、これと同じギリシャの小さな島を舞台にしていますが、その「解題」に村 上はこう書いています、――

「僕は1980年代の後半、けっこう長いあいだギリシャの島で実際に生活していて、そのあいだに僕が吸っていた空気や、瞼に焼きつけられた情景や、そこにあった独特の匂いや肌触りを、僕なりにありありとした文章に移しかえたいとずっと望んでいたのだ。それはインプットされたまま、有効にアウトプットされずに僕の中でずっと眠っていた光景だった。僕はその部分を『スプートニクの恋人』の」文章として書きながら、もう一度その土地に戻って、実際にそこにある空気を吸い込むことができた。それは素晴らしい体験だった」

ここには書いてありませんが、村上がギリシャの小さな島（おそらくハルキ島をモデルとする）で吸い込んだ空気のなかには、確実にその島に棲息する夥しい猫たちの「異物の影」が含まれているはずです。それゆえ『スプートニクの恋人』は猫を主人公とするといってよいほど、強烈に猫の存在感を漂わせる長篇になったのであり、その原形（コア）となる猫たちの影は、短篇「人喰い猫」にはっきりと刻まれているのです。短篇「人喰い猫」は夜中に「僕」が目覚めると、イズミがいなくなっているところで終わります（『スプートニク』も、「人喰い猫」と松の木のてっぺんで消える猫の話をした後で、すみれが消えます）。外国で、それも辺鄙な田舎の小さな島で、ずっと行動を共にしてきた伴侶がいなくなるというのは、本当に心細いものです。そうでなくても、愛する人がいつかいなくなるかもしれない、というのは、人間の抱く根本的な不安ですね。村上のライトモティーフとする〈消え去る女の子〉というのは、そうした誰もが味わう普遍的な不安をあらわしていますが、それと同時に、おそらく村上春樹という作家の幼少時における、なんらかのトラウマとなった出来事が、それこそ「異物の影」を落としているんでしょうね〈村上と〈消え去る女の子〉のテーマを共有するプルーストの長篇では、母親［ママン］がマルセルの眠る前に接吻してくれない夜の欠如感が主題になります〉。そんなふうにして、「人喰い猫」にムラカミエスクな〈消え去る女の子〉のテーマが鳴り、「僕」は猫が松の木のてっぺんで姿を消した夜のことを思い出します。

「僕はあの夜、夕食のあともひとりで縁側に座って、じっと松の木の上を眺めていたのだ。夜が更けるにつれて、月の光は不気味なほどに強く鮮やかになっていった。どうしてかはわからないけれど、僕はその松の木の枝から目が離せなくなってしまっていた。ときどきその枝の中で、月の光を浴びて猫の目がきらりと光ったように思えた」（「人喰い猫」傍点引用者）

やはり「僕」は「縁側に座って」電気猫の夢を見ているようです。ムラカミ猫の最高のページがここにあります。松の木の梢に消える猫の消尽点が、「月の光を浴びてきらりと」光る猫の目に集約されているようです。実体験が小説に昇華されて、ムラカミ猫はこんな怪しい電気猫の美しさを獲得したのです。まさに猫が化けて出たようです。出たり、消えたり、きらりと光る瞳の点滅をくり返すようです。そしてもう一つのムラカミ猫の話、「人喰い猫」の話ですが、こちらは短篇ラストの次の一文に集約されて、これもムラカミ猫珠玉のページですね、――

「僕は腹を減らせた猫たちのことを思った。僕は彼らが本物の僕の脳味噌を食べ、僕の心臓を齧り、血を吸い、僕のペニスを貪っているところを想像した。僕は彼らが遠く離れた場所で僕の脳味噌をすすっている音を聞くことができた。三匹のしなやかな猫がマクベスの魔女みたいに僕の頭を取り囲んで、そのどろりとしたスープをすすっていた。彼らの粗い舌先が僕の意識の柔らかな襞をなめた。そのひとなめごとに僕の意識は陽炎のように揺らぎ、薄れていった」

これは「僕」が夢見た電気猫の最後の姿ですね。こんなふうにしてアンドロイドは電気猫の夢を見るのです。一篇の短篇にこれ以上精度の高いコーダを打つことはできないでしょう。「人喰い猫」の話は、三匹の猫が死んだばかりの老女を食べる、新聞で読んだ話から始まり、三匹の猫が「僕」の頭をとり囲んで、その脳味噌の「どろりとしたスープ」をすすっている光景で終わっています。

おそろしくて、およそ救いのないエンディングです。短篇のエンディングとしては、これ以上のものは望めないでしょうね。とくに「僕が……」、「僕が……」、「僕が……」とたたみかけるパッセージ。そこで「僕」の意識が揺らぎ、薄れていくように、松の木の上の猫は消え、「僕」のガールフレンドも「煙のように消え」ていくようです。村上はこの短篇からおよそ八年後、一九九九年刊の長篇『スプートニクの恋人』で同じテーマを取り上げます。

Q 「人喰い猫」のイズミが『スプートニクの恋人』のすみれに置き換えられたのですね。

A そうです。ですから、すみれには「人喰い猫」とイズミの影が癒やしがたく刻まれているはずです。それに『国境の南、太陽の西』に出て来た、不幸のどん底のイズミ。すみれという可憐な名前の女性の背中には、猫と二人のイズミの黒い影がぴったりと貼り付いているのです。「人喰い猫」は短篇ですから、イズミ、「僕」、猫の三者しか登場してきませんが、長篇の『スプートニクの恋人』では、そこにミュウという韓国系日本人の女性が加わります。ミュウが出て来たところで、この変わった名前とよく似た名前の猫の出て来るエピソードを、すこしお話してかまいませんか?

Q お願いします。

A 最近刊行された村上春樹編・訳の『セロニアス・モンクのいた風景』に収められた、「モンクと男爵夫人はそれぞれの家を見つける」のエピソードです。男爵夫人というのは愛称ニカといって、チャーリー・パーカーやモンクなど、ジャズ・ミュージシャンたちの「裕福な守護神」になったロスチャイルド家の女性です、——

「〔……〕この屋敷を好き勝手に徘徊することで名を馳せていたジャズ・キャットたち〔ジャズ・ミュージシャンのこと〕は、本物の四つ足の猫たちに地位を奪われ、その結果新しい呼び名が浮上してきた。引っ越して間もなく、ニカは血統書つきのシャム猫のつがいを飼った。名前はパターパットとミアオウだった。ほどなく何十匹という子供たちが、二匹は家の中を自由に走り回り、好きなだけ子孫を増やすことを許された。ほどなく何十匹という子供たちが、スタインウェイの中や、床中に散らばった開いたままの楽器ケースの中に居場所を見出すようになった。ニカの家が最終的な公式ニックネームを獲得するのにさして日にちはかからなかった。『キャットハウス』（もちろん二つの意味をかけられた命名だ）」（〔 〕内は訳者の村上による注）

ニカの家の「キャットハウス」という名は、村上のジャズバー「ピーター・キャット」を連想させます。村上もまた（演奏こそしませんが）ジャズ・キャットに他なりません。さてそこで、彼が『スプートニクの恋人』のヒロインにミュウという名をつけたとき、彼の脳裏にこのモンクの傍らを走りまわっていたシャム猫のミアオウが掠めたと考えるのは、いささか牽強付会というべきでしょうか？　同書収録のもう一篇のエッセイ「いちばん孤独な修道僧（モンク）」にも、「彼女〔男爵夫人〕は豪華な寝室のオアシスの中で暮らしている。その寝室のまわりを、三十二匹の飼い猫たちが放つ悪臭に満ちた、荒廃したいくつもの部屋が囲んでいる」。モンクの周辺にはかくも多くの猫たちが暮らしていたのです。猫とモンクを偏愛する村上が、モンクの守護神ニカの偏愛したミアオウの名を知らなかったはずはありません。長篇のヒロイン「ミュウ」がモンクのシャム猫「ミアオウ」に関連づけられることは、『スプートニク』をムラカミ猫の小説であると考える本書の論旨にとって、些細なことではないと思われるのですが。

Q たしかに「ミュウ」という名前は、「ミアオウ」という名前と同じように、猫の鳴き声を思わせる響きがありますね。

A 『スプートニク』のストーリーに戻ります。これは一方通行の恋の物語で、「僕」はイズミを愛し、イズミはミュウにレズビアンの愛を捧げ、ミュウは（スイスで観覧車に乗ったとき、事故でそのなかに取り残されてしまい、自分のアパートメントの部屋で、自分のドッペルゲンガーが男と淫らな行為に耽るのを目撃する、という事件があって、それ以来）、だれも愛することができない女になっています。「僕」↓イズミ↓ミュウ↓×というラシーヌ的な片恋の悲劇が成立するのです（ラシーヌの『アンドロマック』では、オレスト↓エルミオーヌ↓ピリュス↓アンドロマック↓×エクトールという一方通行の関係が成立し、最後のエクトールは死者ですから、そこで愛は不可能なデッドエンド［×］に突き当たります）。

Q 猫に限っていうと、『スプートニクの恋人』の猫はどのようにして介入するのですか？

A まずギリシャの小さな島を舞台とする物語のエンディングから言いますと（長篇はその後にまだ「にんじん」の物語が続きます）、短篇「人喰い猫」とほとんど同じ猫の話が二つとも用いられています。村上自身は「解題」で、この長篇の「出発点になったのは、原稿用紙にしてせいぜい一枚くらいの短い散文のスケッチだ」と言い、「この『スプートニクの恋人』という小説は、その短いアイデアなりイメージから始まったわけだ。すみれという若い女性が年上の女性に恋をする——僕はその断片をもとにして、物語をどんどん書き進めていった」と言っていますが、僕にはむしろそうではなくて（作品の解釈で作者は必ずしも絶対的な権威ではありません）、「人喰い猫」ラストの文章が、『スプートニクの恋人』の出発点にあったのじゃないか、と考えます。「人喰い猫」が短篇集に収録されることなく、『村上春樹全作品』でしか読めない短篇として、いわば放置されたのは、長篇『スプートニクの恋人』で使われ、そこに吸収されてしまったからではないか、というのが僕の推論です。ところが、短篇「人喰い猫」のラストのほうが、長篇『スプートニクの恋人』の同じエピソードより、すぐれたものになったという皮肉な結果が招来されたのです。もちろん、短篇と違って長篇では、文章の密度を落とす必要があるのですが、そう考えても、僕は短篇のラストが長篇の同じエピソードより好きだという判断を否定できません。敢えて言うなら、短篇「人喰い猫」のほうが長篇『スプートニクの恋人』より僕は好きです。さらに言うと、短篇と長篇の骨法ということがあるかもしれません。「人喰い猫」のラストは完成しています。完成しすぎているといってもいいかもしれません。ああいうかっちりと決まったダイアモンドのように完璧なエンディングは、長篇の世界にはふさわしくないのでしょう。そこで大きな流れが止まってしまいますからね。長篇では、もっと人間的な、ゆるやかな呼吸が必要なのでしょう。『風の歌を聴け』冒頭の一行（作家・村上春樹の文字どおり最初の一行）は、長篇小説にこそ適用されるマキシムなのかもしれません、――「完璧な文章などといったものは存在しない。完璧な絶望が存在しないようにね」。その長篇の『スプートニクの恋人』に導入された「人喰い猫」のエピソードですが、――

「閉めっきりになったアパートの一室で、死ぬほど腹を減らせている猫たちの姿をぼくは想像した。そのやわらかい小さな肉食獣たちのことを。そこでぼくは――本物のぼくは――死んでしまっていて、彼らは生きていた。彼らがぼくの肉を食べ、ぼくの心臓をかじり、ぼくの血を吸っているところを思い浮かべた。耳を澄ませると、遠く離れたどこかの場所で、猫たちが脳味噌をすすっている音を聞きとることができた。三匹のしなやかな体つきの猫たちが、割れた頭を取りかこんで、その中にたまったどろどろとした灰色のスープをすすっていた。彼らの赤く粗い舌先が、ぼくの意識のやわらかなひだをうまそうになめた。そのひとなめごとに、ぼくの意識は陽炎のように揺らぎ、薄れていった」

Q なるほど、「人喰い猫」のラストと較べると、文章が説明的になり、すこし緩んだ表現のようにも見えますすね。「人喰い猫」のラストが詩だとすると、これは散文ですね。こちらを長篇の文体と考えるわけですね。そういえば、いつもは「僕」と書くところを、『スプートニク』では「ぼく」と開いていますし。

A　それも長篇のための文体上の苦肉の策の工夫といえるかもしれませんね。もっと穿った見方をしますと、『スプートニク』の当該の箇所を書いているとき、作者の手元に「人喰い猫」のテキストがなくて、記憶でこれを書いたんじゃないかという推測さえ成り立ちます。「僕はこの小説のかなり多くの部分をハワイのカウアイ島で書いた」と自作解題にあります。「人喰い猫」の入った『全作品 1979-1989』⑧短篇集Ⅲは旅行に持って行くには重い本ですからね。もちろん、データをコピペしたり、フラッシュメモリに保存したり、コピーを取ったり、本を取り寄せたりすることはできますが、村上はあえて記憶で書くことを選んだのかもしれません。彼はそれぐらい神経質なまでに文章にこだわる作家です。過去の自作を長篇にコピーすると、長篇の流れが死んでしまう、と危惧するほど、――。

Q　しかも長篇では「人喰い猫」でラストにならないで、このあと、小学校の教師をしている「ぼく」（K）の愛人の息子「にんじん」、――そのにんじんが「ぼく」の教え子だというのですから、これはかなり危険な関係ですね――の万引き事件をめぐる顛末が続くわけですから、当然、こうした緩んだ表現を取らざるをえなかったということも、分かるような気もします。そこで完結するわけではなく、まだその先があるわけですからね。だとすると長篇のストーリーの紹介がどうしても必要になりますね。

A　そうですね。僕は「にんじん」のパートはちょっと蛇足のように思えるんですが、これは個人的な感想にすぎないかもしれません（批評家の間では「にんじん」の評判はいいんです）。「にんじん」

という愛人の息子が出て来るのは、長篇の着地点として必要だったんだと思いますよ。〈人喰い猫〉の血まみれの情景では、長篇を終わらせることができないのです。読者を心が冷えたままほっぽりだすわけにはいきませんものね。少しは心の温かくなるエンディングにしなくちゃなりません。その点、ポーの『黒猫』なんか、あれは短篇ですから、壁に塗り込められた黒猫の怨む声で終わるという、それこそ救いのない終わりになりますよね。短篇なら、それでいいんです。さて、長篇『スプートニク』のストーリーですが、かいつまんで申しますと、すみれは小説家志望の女性で、「ぼく」のガールフレンドなんですが、友だちのようなつきあいはあっても、恋愛関係も肉体関係もないという、「ぼく」にとっては苦しい状況が続いています。そんなある日、すみれは友人の結婚式でミュウという美しい女性の隣りの席になり、文学の話をしているうちに、ミュウが「ビートニク」を「スプートニク」と間違えたところから、ミュウのことを「スプートニクの恋人」と呼ぶようになるのです。そしてこんな孤独な関係が思い描かれます、——

「ぼくは眼を閉じ、耳を澄ませ、地球の引力を唯ひとつの絆として天空を通過しつづけているスプートニクの末裔たちのことを思った。彼らは孤独な金属の塊として、さえぎるものもない宇宙の暗黒の中でふとめぐり会い、すれ違い、そして永遠に別れていくのだ。かわす言葉もなく、結ぶ約束もなく」

「ぼく」は自分とすみれの関係をスプートニクに暗喩したわけですが、長篇では〈「ぼく」/すみれ〉、〈すみれ/ミュウ〉という二つのスプートニクの片想いの関係が進行していきます。すみれは貿易会社を経営しているミュウに同伴して、ヨーロッパにワインの買付け旅行に出かけます。恋する人と行動をともにしながら結ばれることのない、身を焼く片想いの日々が続きます。ギリシャの小さな島にやって来たとき、ついに破局がおとずれます。すみれが失踪してしまうのです。

Q 例の〈消え去る女の子〉のテーマが鳴るわけですね。

A そう。ミュウは国際電話で「ぼく」に助けを求めます。「あなたはここに来られる?」「ここっていうと、ギリシャに?」「そう。一刻も早く」。これもムラカミ・テレフォンの傑作ですね。ミュウはギリシャの小さな島の名前を告げます(しかし島の名前は本では明かされません)。「以前どこかで耳にしたことがある名前だった」と「ぼく」は思います。「人喰い猫」の舞台になる小さな島と同じ島なんですが、現実にどういう名前の島かは特定できないのです。僕の推定では、ギリシャ・イタリア紀行の『遠い太鼓』に出てくる「ハルキ島」だと思いますね。僕はそこを訪ねてみましたが、たくさんの猫、それも異物感の漂う猫の棲息する、とてもムラカミエスクな島でした。もし舞台になる島がハルキ島だとすれば、ミュウの電話を受けた「ぼく」の、「以前どこかで耳にしたことがある名前だった」という感想は、ずいぶん手の込んだメタフィクショナルな仕掛けのある言い回しということになります。「ぼく」はミュウの要請に迅速に応えます。小説で読むと、あっという間にギリシャの小さな島に着いたように書かれています。その島でミュウと会い、すみれの失踪のいきさつを彼女から聞くわけですが、そこに猫の話が何回も出て来るのです。

Q ミュウの話に猫が出て来るのですか？

A いや、違います。短篇の「人喰い猫」では猫の話はもっぱら「僕」が新聞で読んで聞かせたり、自分の実体験を話したりするのですが、長篇の『スプートニクの恋人』では、すみれがミュウに話して、その話をあとからミュウが「ぼく」に話す、という複雑な構成になっています。

Q とすると、すみれが猫と関連づけられるわけですね。

A そのとおりです。じっさい、ミュウが「ぼく」に話す、すみれの失踪譚の大半は、猫の話題に限られるのです。ミュウによると、すみれは失踪するその日に、まず新聞記事の「人喰い猫」のことを話し（このことはもう触れましたし、引用もしましたね）、それから松の木のてっぺんで消えた猫の話をします。こうして猫の消滅がすみれの消滅と、パラレルになっていることが明らかになります。「猫といえば、ひとつ奇妙な思い出があるのよ」と、すみれはミュウに「ふと思い出したように」話し出します。

「小学校の二年生くらいのとき、生まれて半年くらいのきれいな三毛猫を飼っていたの。わたしが夕方に縁側で本を読んでいると、その猫が庭に生えていた大きな松の木の根もとを、すごく興奮して飛びまわっていた。よく猫がやるでしょう。なにもないのに一人でふうってうなったり、背中を丸めて飛びはねたり、毛を逆立てたり、尻尾を立てて威嚇したり」（傍点引用者）

Q　なるほど、短篇「人喰い猫」の「僕」の話から長篇『スプートニク』のすみれの話に転換された経緯がよく分かりますね。同じ縁側で、同じ松の木で、同じ猫なんですが、すみれは作家志望の女性なわけですから、村上自身が実際に見た情景が、すみれの口を通して語られるというのも、ごく自然な成りゆきなんですね。猫を媒介にして、村上春樹↓「人喰い猫」の「僕」↓『スプートニク』の「すみれ」↓電気猫という転換が読みとれるようです。『村上春樹は電気猫の夢を見るか?』というタイトルも、すんなり腑に落ちました。

A　あくまでも猫を媒介にして、ですね。少なくとも松の木に登る猫の話に関しては、長篇のほうが短篇より、密度の高い、丁寧な文章になっています。引用を続けます、——

「猫はあまりにも興奮していて、わたしが縁側から見物していることに気づかないみたいだった。それは不思議な情景だったので、わたしは本を置いて猫の様子をじっとうかがっていたの。猫はいつまでもひとり遊びをやめなかった。というか、時を追うごとにそれは真剣味を増してきた。まるで何かに取り憑かれたみたいに」

Q「取り憑かれた」という村上らしい言葉が出て来ましたね。猫が何かに取り憑かれ、「わたし」が猫に取り憑かれる。そんなトランスミッションが起こっているようですね。「Kの言うフィクション＝トランスミッション説はなかなか説得的だ」と、すみれは彼女のパワーブックに書き残しますね（Kというのは「ぼく」の名前のイニシャルです）。そういえば、すみれが失踪してしまったコテージの部屋で、「ぼく」がすみれのパワーブックの文書を読んでいるときに、

「隣家の塀の上をまっ黒な猫が歩いている」

という一行が、ひっそりと何かの暗号のように書き込まれているのも、気にかかりますね。前後の文章が猫と関係ないだけに、この黒猫が電気猫のように飛来して来て、すみれに憑依することへの暗示のようにも受け取れます（「Ⅳ『海辺のカフカ』、あるいは黒猫トロの変容」参照）。

A ええ。猫からすみれへの憑依、というか、トランスミッションが大事なんですね。

「見ているうちにだんだんわたしは恐くなってきた。というのは、猫の目にはわたしには見えないものの姿が映っていて、それが猫を異常に興奮させているんじゃないかって思えてきたから。やがて猫は木の根もとをぐるぐると走ってまわり始めた。すごい勢いで、まるで絵本に出てくるバターになっちゃうトラみたいに。そしてひとしきりそれを続けたあとで、松の木の幹を一気に駆け上がった。見上げると、遥か上の枝の隙間から顔が小さくのぞいていた。わたしは縁側から大きな声で猫の名前を呼んでみたの。でも聞こえないみたいだったわ」

女言葉になっていますが、これは村上が子供のころ見たことですから、村上自身の話でもあるわけですね。村上には——というより作家一般には——女性の分身が住みついているんですね。『千夜一夜物語』のシェエラザードのように。そういえば最新短篇集『女のいない男たち』の一篇「シェエラザード」には、シェエラザードと名づけられる物語る女性が登場しますね。作家の多くがホモセクシャルであることの理由が、それで理解できるような気がします（プルーストがその代表）。

Q 男であれ、女であれ、物語る人は、シェエラザードのような女性の分身を持つ、ということでしょうか？ そのために男性作家の場合、ホモセクシャルになることが多い、と。

A そうですね。すみれから村上へのトランスミッションのプロセスには、そんな女性的分身の憑依がからんでいるんでしょうね。子供の頃、村上が縁側でじっさいに見た猫の行動が、村上訳の絵本『素晴らしいアレキサンダーと、空飛び猫たち』の訳注になり、短篇「人喰い猫」に描かれ、「ぼく」からすみれという女性に変換されて、長篇『スプートニクの恋人』に描かれて、すこしずつリライトされ、フィクションにトランスミッションされていく。アンドロイドと電気猫の生成、——すごく神秘な創造のプロセスをかいま見る感じがしますね。そして「猫は結局戻ってこなかった」とあります。「猫はそのまま消えてしまったの。まるで煙みたいに」と。

Q こわい話ですね。煙みたいに消えた猫は、どうなっちゃったんでしょう？

A 村上春樹という作家は、そういう消滅に、それこそ「取り憑かれた」ところがあるんですよね。

代表作の短篇「象の消滅」以来、いろんな消滅の物語を村上は書いてきました。『羊をめぐる冒険』の耳のガールフレンドを嚆矢（こうし）として、最近では『色彩を持たない多崎つくると、彼の巡礼の年』の灰田青年。とくに女の子が消えるんですが、何かが消えるというのは、どういうことなんだろう? そういう問いが彼には一貫してあるように思えます。猫の消滅がその典型なわけですが、それが『スプートニクの恋人』では、すみれの消滅と連動しているんです。

Q　松の木の梢で消えた猫の話をして、そのまますみれは失踪してしまうのですか?

A　その話のあった8章は、「わたしたちが港のカフェで猫の話をした夜のことだった」と、次の展開を期待させるところで、例によって中断します。そして9章が始まり、「港のカフェで猫の話を交換したあと」と反転します。話がクライマックスになる寸前に切るというのは、村上の常道なんです。物語がどんどん熱を持っていくのが嫌なんでしょうね。ハラハラドキドキ、手に汗握る展開、というのは旧来のハリウッド映画のドラマ作りでしたよね。村上はそこに切断線を入れます。ミュウが「ぼく」に話す、すみれ失踪事件の話は、すこし時間を巻き戻すことになります。8章から9章への、この章の転換もまたみごとなものですが、そこで「煙みたいに」「消えてしまった」というフレーズが不気味なルフランのようにくり返されるのです。ミュウは「ぼく」と会うと、いきなり「すみれは、消えてしまったの」と言い、「消えた?」と「ぼく」が反問すると、「煙みたいに」と答えます。「そう、さっきも言ったとおり、煙のように」とミュウはくり返します。「あなたはすみれがこの島で行方不明になって、煙のように消えてしまったと言った」と「ぼく」がミュウに確認する場面もあります。「煙のように」「消えた」はこんなふうに傍点を振って強調され、くり返されて、すみれの消滅をふしぎな消尽点に追い込んでいきます。

Q その消滅はどんなふうに起こるのですか?

A 「港のカフェで猫の話を交換したあと」、すみれの失踪はその夜のあいだに生起します。〈消え去る女の子〉のイメージがもっとも鮮烈に打ち出されるパートですし、要約すると大事なことが抜け落ちてしまいますから、ところどころ省略して引用します。最初はミュウが「ぼく」にすみれの話をしていたものが、ミュウとすみれの三人称体の小説の文章に変わります、——

「二人はいつものように、10時前にそれぞれの部屋に引きあげた。ミュウは裾の長い白いコットンの寝間着に着替え、枕に顔を埋めるとすぐに眠ってしまった。しかしほどなく自らの心臓の鼓動に揺さぶられるように、彼女は目を覚ました。枕元の旅行用時計に目をやると、12時半を過ぎたところだった。部屋は真っ暗で、深い静寂に包まれている。にもかかわらず誰かが息を凝らして近くに潜んでいるような気配がそこにはあった。[……]/暗闇に目が慣れてくると、部屋の隅のほうに何かの暗い輪郭がじわりと浮かび上がった。戸口の近くのクローゼットの陰、闇がもっとも深く蝟集しているあたりだ。それは背が低く、ずんぐりと丸まった何かだった。[……]/ミュウは静かな呼吸を続けながら、そのものをじっと凝視していた。口の中はからからに渇き、寝る前に飲んだブランディーの匂いがかすかに残っていた。彼女は手を伸ばしてもう少しカーテンを引き、月の明かりを更に部屋に送り込んだ。そしてその黒いかたまりの中から、もつれた糸をほぐすように、輪郭線をひとつひとつ見分けていった。それはひとりの人間の身体のようだった。髪が前に垂れかかり、二本の細い脚が鋭角に折り曲げられている。誰かが床に腰を下ろし、頭を脚のあいだに入れて丸まっているのだ。少しでも身を縮めて、空から降ってくる物体を避けようとしているみたいに。／すみれだった。彼女はいつものブルーのパジャマを着て、ドアとクローゼットのあいだに虫のように身体を丸めてしゃがみこんでいた」

Q 港のカフェで猫の話をミュウと「交換」したすみれは、真夜中に猫に変身したみたいですね。鋭角に折り曲げられた脚のあいだに、頭を入れて丸まっているというのは、眠っている猫の姿を思わせます。

A すみれは猫になり、と同時に、ミュウはすみれの猫の夢を見る。作者もその夢を見る。そこにアンドロイドの変幻する電気猫の夢が結ばれる。すみれは作家の卵で、村上のもっとも強く投影された女性ですからね。かくして『村上春樹は電気猫の夢を見るか?』というタイトルが実現するのです。

Q すみれとミュウの愛の行方や、いかに?　という期待が高まります。

A すみれはミュウに求愛するわけですが、ミュウは頭ではすみれの愛を受け容れることができても、身体では応えることができません。「わたしたちは素敵な旅の連れであったけれど」とミュウは「ぼく」に語ります、——

「結局はそれぞれの軌道を描く孤独な金属の塊に過ぎなかったんだって。遠くから見ると、それは流星のように美しく見える。でも実際のわたしたちは、ひとりずつそこに閉じこめられたまま、どこに行くこともできない囚人のようなものに過ぎない」

Q 村上はしばしばレズビアンの愛を書きますね。なぜでしょう？

A 作家に同性愛者が多いというのはむずかしい問題ですが、こう考えることはできないでしょうか。前にもちょっとふれましたが、物語る人は『千夜一夜物語』の昔から、シェエラザードの例がありますように、本来的に女性の領分であったということがありますね。村上自身が短篇「シェエラザード」を書いたことは、先にふれました（『女のいない男たち』所収）。『源氏物語』の紫式部などその典型でしょう。プルーストやジュネなど、同性愛の作家の例は枚挙にいとまありません。彼らはシェエラザードという女性の分身を持っていて、この語り女のシェエラザードが男性を求め、男性と愛し合うのです。村上の場合、彼が猫好きということも関係しているでしょうね。

Q 猫が？　どういうことでしょう。

A これは僕の持論なんですが（『村上春樹とネコの話』参照）、猫というのは女性的な生き物なんです。雄、雌にかかわらず、お化粧が好きですし、コケティッシュなところもフェミニンな感じがしますね。犬とくらべると、猫は女なんですよ。それも人工的な女ですね、電気猫みたいな。ですから猫好きな村上が、レズビアンの愛を描くというのは、然るべき流れですね。ゲイの愛も、レズビアンの愛も、自然に背いた、という意味で人工的な、人為的な愛でしょうからね。猫もまた人工的な電気猫の性質を持ちます。『ノルウェイの森』には、レイコと十三歳の女の子のレズ行為がありますね。これなんかすごく技巧的な愛で、電気猫が愛し合っているようでしょう。レイコが「僕」(ワタナベ)にこう話すんです、――

「それから下着の中に彼女の細くてやわらかな指が入ってきて、それで……ねえ、わかるでしょ、だいたい？ そんなこと私の口から言えないわよ、とても。そういうのってね、男の人のごつごつした指でやられるのと全然違うのよ。凄いのよ、本当。まるで羽毛でくすぐられてるみたいで。私もう頭のヒューズがとんじゃいそうだったわ」

これなんか猫の舌で顔を舐められるイメージですね。電気がビビビッと来るみたいで、あれはたまらない快感でしょう？ 電気猫の快感ですね。それから、これは同じ同性愛でも、ゲイの同性愛ですが、『色彩を持たない多崎つくると、彼の巡礼の年』における、つくると灰田の関係がありますね。

Q 灰田ってのは、『女のいない男たち』の「ドライブ・マイ・カー」と「木野」という二篇の短篇に出て来る「灰色の猫」を思わせますね。灰田が灰色の猫だとすると、すみれとも通じるものがあるわけですね。灰田もすみれも同性愛者ですし。

A そのとおりですね。以前、灰色の猫は灰田の幽体だと申しましたが、ここではそれを逆転させて、灰田が灰色の猫だと言うことができるわけですよ。灰田の出て来る『色彩を持たない……』のハイライトのパートを引用します。「多崎つくるは暗闇の中ではっと目を覚ました」で始まる第7章です、

──

「部屋は闇に包まれていた。つくるは明るいところで眠るのが苦手で、寝る時にはいつも厚いカーテンをぴたりと引いて部屋を暗くする。だから外光は入ってこない。それでも自分以外の誰かが室内にいることが気配でわかる。誰かが闇の中に潜んで、彼の姿を見つめている。擬態する動物のように息を殺し、匂いを消し、色を変え、闇に身を沈めている。でもそれが灰田であることがつくるにはなぜかわかった」

Q たしかに猫みたいですね。「擬態する動物のように」というところを、「擬態する猫のように」と置き換えることができます。ミュウとすみれの関係に似てますね。真夜中にふと目覚めると、誰かが室内にいる。「擬態する猫［動物］のように息を殺し、匂いを消し、色を変え、闇に身を沈めている。でもそれがすみれ［灰田］であることがミュウ［つくる］にはなぜかわかった」──こんなふうに「動物」を「猫」に、灰田をすみれに、つくるをミュウに、それぞれ置き換えてもいいよ

うです。

A　そう、村上の小説はいろんな置き換えが可能です。引用と憑依で編みなされたネットワークの産物なんです。最後に灰田が消えるところを引きます、——

「長い沈黙の末に灰田は——あるいは灰田の分身は——密やかにそこを去って行った。最後に彼の浅い吐息を耳にしたような気がしたが、定かではない。線香の煙が宙に吸い込まれていくように灰田の気配が薄らいで消え、気がついたときつくるは一人で暗い部屋に取り残されていた」

どうです？　同じでしょう。「煙が宙に吸い込まれていくように灰田の気配が薄らいで消え」るのです。すみれがギリシャの小さな島で行方不明になるとき、彼女は「煙のように」消えてしまった、と何度もくり返されたことを思い出して下さい。

Q　ということは、灰田もすみれも、煙のように消えたということでしょうか？

A　すみれの消滅は猫の消滅と重ねられているんでしたよね。すみれも、猫も、煙のように消えてしまった、ということでしょうね。『スプートニクの恋人』のギリシャの小さな島のパートは、音楽の音で目を覚ました「ぼく」が、

「月の光はそこにあるあらゆる音をゆがめ、意味を洗い流し、心のゆくえを惑わせていた。［……］それはすみれの猫をどこかに連れ去った。それはすみれの姿を消した」

とあって、その後で三匹の猫たちが、「ぼく」の割れた頭を取りかこんで、どろどろとした灰色のスープをすすっている光景で終わります（ここはもう引用しましたね）。「すみれのゆくえはわからないままに終わってしまった。ミュウの言葉を借りれば、彼女は煙のように消えてしまったのだ」と「ぼく」は締め括ります。猫のように消えてしまった、といってもよかったでしょう。

Q 猫という消滅のメディアが目に浮かぶようです。あらゆる憑依と引用、トランスミッションの元締めのようなところに、ムラカミ電気猫がいるという気がします。まさにブラック・ホールに住む黒猫ですね。黒猫が出て来たところで、さて、ムラカミ猫の第四弾、『海辺のカフカ』（二〇〇二年）に移りましょうか。

Ⅳ『海辺のカフカ』、あるいは黒猫トロの変容

A 『海辺のカフカ』の猫は、ナカタさんを主人公とするパートにもっぱら登場します。それも最初のほうの6章と10章と14章と16章と18章に集中的に出て来て、他の章にはほとんど出て来ません。猫という観点から見ると、これはたいへん不均衡なわけですが、実際にはアンバランスな感じがしないんですね。それは要所、要所に、猫が的確に布置してあるからなんです。とりわけ、長篇のラストに登場する黒猫のトロが〈空飛び電気猫〉となって、霊猫のように全篇を仕切っている、というのが本論の仮説です。

Q 『1Q84』とよく似た猫の配置ですね。

A ええ、そうですね。その点はあとで検討するとして(『1Q84』の「猫の町」を紀行する「コーダ ニューヨークの『うずまき猫』」参照)、この長篇は、ナカタさんのパートとカフカ少年のパートが交互に置かれ、初期の大作『世界の終りとハードボイルド・ワンダーランド』や、最近の大作『1Q84』と同じ、二つの世界が互い違いに進行する、一種のパラレル・ワールドになっています(SF的な意味で使うパラレル・ワールドとはちょっと違いますが)。一方のパートのヒーローはナカタ

タさんという老人で、他方のパートのヒーローは田村カフカという十五歳の少年です。この二つのパートのヒーローが、ラストに近くなって、四国は高松の甲村記念図書館というところで、出会いそうになって、出会わない、そういうすれちがいの構成になっています。

Q 六十代の老人を主人公にする村上の小説はめずらしいですね。

A 主人公ではありませんが、『1Q84』のヒーロー・天吾のお父さんが、やはりナカタさんのようなボケ老人です。あの人もユニークなキャラクターですね。『海辺のカフカ』の場合、ナカタさんという老人と田村カフカという少年のコントラストが、四十歳ほどの年齢差はもちろんですが、一方がソフト、他方がハード、一方が温和、他方がシャープというふうに、きわだたせてあります。でも、どちらも猫という多面的な生き物に当てはめることのできる特徴なんです。ナカタさんのように温和な猫もいれば、カフカ少年のようにタフな猫もいますでしょう? ナカタさんは太平洋戦争末期の一九四五年に、小学校の遠足で集団昏睡事件に遭い、それ以前の記憶を完全に失ってしまい、文字を読むこともできない知的障害者になっているのですが、猫と話ができるという特技を持っています。第6章で初めて登場して来るときは、猫探しの仕事をしていて、いきなりこんな書き出しで、以後、愉快なムラカミ猫が続々とお目見えします、——

「『こんにちは』とその初老の男が声をかけた。／猫は少しだけ顔をあげ、低い声でいかにも大儀そうに挨拶をかえした。年老いた大きな黒い雄猫だった。／『なかなか良いお天気でありますね』／『ああ』と猫は言った。／『雲ひとつありません』／『……今のところはね』／『お天気は続きませんか？』／『夕方あたりからくずれそうだ。そういう気配がするな』と黒猫はもぞもぞと片足をのばしながら言った。それから目を細め、あらためて男の顔を眺めた。／男はにこにこと微笑みながら猫を見ていた。／猫はどうしたものかと少しのあいだ迷っていた。それからあきらめたように言った、『ふん、あんたは……しゃべれるんだ』／『はい』と老人は恥ずかしそうに言った」

最初のページから猫と話す男が登場してくるので、読者はとまどうでしょうね。でも、男と猫のやりとりを聞いているうちに、心がのんびりとほどけていくような気持ちがして、作品世界に引き込まれていきます。とりわけ、やがてナカタさんによってオオツカさんという名前をつけられる（猫の名前を人間がつけるというのは、『吾輩は猫である』――この場合、名無し猫ですが、名前のないことが猫にとっての名前の重要性を喚起します――以来のルーティンなんですね。『羊をめぐる冒険』で見た命名のシーンを思い出しましょう）この黒猫さんの、なんともいえない滋味あふれる風格が、じつにいいですね。ナカタさんが自分は字が書けないと言うと、

「『オレだって自慢じゃないけど字なんてかけないね』と猫は言って、右手の肉球を何度かなめた」

というところなんか、肉球をなめるのが、とっても愛らしい年寄り猫の仕種です。先取りして申しますと、この黒猫のオオツカさんは、長篇のラストに出て来る黒猫のトロさんに入れ代わる、同じ〈空飛び電気黒猫〉のアバターであるというのが、本論の主張なんです。オオツカさんとトロさんという、二匹、じゃない、二人の黒猫さんは、年をくってるところも似てますし、太って大きな雄猫なのも同じですし、とくにしゃべり方がそっくりです。

Q オオツカさんの縄張りは東京の中野区野方、トロさんの縄張りは四国の高松と、ずいぶん離れているじゃありませんか。

A そうでしょうか？　田村カフカの分身の「カラスと呼ばれる少年」も申しますように、「距離みたいなものにはあまり期待しないほうがいい」のだし、なによりもかによりも、電気猫なのですから〈空飛び猫〉の一種で、千里の逕庭も一瞬で移動できるはずですよね。田村カフカにだって、幽体離脱の気配があって、中野の野方で父親を殺したかもしれない返り血を浴びて、高松の神社の境内で失神して倒れていたんですからね。電気黒猫ともなれば、それぐらいの幽体離脱はお手の物でしょう。

Q なるほど、それはそのとおりですね。

A 黒猫でオープニングとエンディングを〆ながら、オオツカさんとトロさんと、名前だけは変えるなんて、手の込んだ構成だと思いませんか。それにオオツカさんというのは、ナカタさんが勝手につけた名前ですもんねえ。「猫さん、あなたは?」というナカタさんの問いに、黒猫は「名前は「まだ無い、じゃなくて」忘れた」と答えています、――

「まったくなかったわけじゃないんだが、途中からそんなもの必要もなくなってしまったもんだから、忘れた」

Q 「忘れた」といえば、作者の村上は忘れているかもしれませんが、短篇「人喰い猫」で、「僕」が松の木に駆け上る猫の話をして、イズミに「猫の名前はなんていったの?」と訊かれたとき、「忘れた」と答えたのを思い出しますね。猫の名前というのは、「まだ無い」(漱石)と「忘れた」(村上)というあたりに浮遊してるんですね。ところで『海辺のカフカ』のさっきの場面で、男と猫はどちらの言葉で話しているのですか? 人間の言葉ですか、猫の言葉ですか?

A 男が猫の言葉をしゃべるのです。参考までに申しますと、ラストで登場、というか飛来する、電気猫の黒猫のトロさんは人間の言葉をしゃべっているようです。相手をするホシノさんは(ナカタさんと違って)猫の言葉はしゃべれないはずですからね。トロ自身は「世界の境めに立って共通の言葉をしゃべっておる」と、むずかしいことをおっしゃいますが、この点はあとでふれましょう。したがって、本来ならこんなふうに日本語で会話が進行するのではなく、人間には理解不能な猫の言葉で記述されてしかるべき会話でしょう。しかし、それでは読めない小説になってしまいます。

村上はアンチ・ロマンのような読めない小説を書いているわけではありませんものね。そのことがはっきりするのは、次のナカタさんのパートの第10章で、カワムラさんという言語障害のある猫とナカタさんが話を交わすときです。猫がうまく言葉をしゃべれない、というのが、まずユーモラスな設定ですが、このとんちんかんな猫語を、読むことのできる日本語にするのは、たいへんな力技が必要だったでしょうね。

「それで、このナカタが、あなたのことを、カワムラさんと呼んでも、よろしいのでありますね？」「困らないけど、高いあたま」「すみません。おっしゃっていることが、ナカタにはよくわかりません。申し訳ありませんが、ナカタはあまり頭がよくないのです」「あくまで、さばのこと」「ひょっとして、鯖を召し上がりたいのですか？」「ちがう。さきの手が、縛る」

人間が猫に向かって「あまり頭がよくないのです」と言い訳するユーモアもさることながら、さっきの6章で、「それでは猫さんのことを、オオツカさんと呼んでよろしいでしょうか？」と聞くと、「オオツカ？」とびっくりして、「なんだい、それは？　どうしてオレが……オオツカなんだい？」といったやりとりがあり、「もしそう呼びたいんなら呼べばいい。なんだかその、自分のことじゃないみたいな気がするけどな」という次第で、「オオツカさん」と呼ばれることになった黒猫が、「しかし、あんたは人間にしても、いささか変わったしゃべり方をするね」と指摘するように、ナカタさんのしゃべり方はいささか変わっていますが（『ねじまき鳥クロニクル』でバカ丁寧な話し方をする霊能者の加納マルタと似ていますね）、ここで「カワムラさん」とナカタさんが名づけた猫のしゃべり方は、変わっているどころではありませんね。まるでちんぷんかんぷんです。しかし、考えてみれば、オオツカさんのしゃべり方だって、猫語である限り、人間には理解不能なものであるはずです。つまり、ここには猫語で話されている言語を普通の日本語に翻訳する操作がほどこされている、ということですね。これは一般に寓話の世界でおこなわれることで、村上の小説世界の寓話的性格を理解する上で大切なことだと思います。そのことがいちばんはっきりするのは、猫語で話しかけるナカタさんに適当に受け答えしながら、途中で「ふん、あんたは……しゃべれるんだ」と、なんでもないことのように黒猫のオオツカさんが言うときです。オオカワさんという名前をナカタさんがつけた白黒のぶち猫も、「おめえ、しゃべれるんだ」と感心しますが、それだけです。「はい。ほんの少しでありますが」と謙遜するナカタさんに、「少しでもたいしたもんだ」とぶち猫は褒めます。

Q もう一匹、いや、もう一人、10章に出て来るシャム猫のミミは、どうですか？

A ミミこそは、ムラカミ電気猫きわめつけの名猫ですね。ミミは英語でエレクトリック・キャット、と言ったほうがふさわしいかもしれません。それくらいおしゃれでエレガントな猫です。ミミを措いて、ムラカミ電気猫を語ることはできません。教養と気品あふれる貴婦人のように社交的なシャム猫なんですが、彼女の魅惑はなんといっても、猫と人がモザイクのように交錯しているところです。頓珍漢な猫語しかしゃべれないカワムラさんと、「頭が悪いものですから」と謙遜するナカタさんのあいだに立って、ナカタさんの猫探しを手伝ってくれるのですが、おつむの弱いカワムラさんにとっては、こんな上品な美しいシャム猫でも、哀しいかな一匹の獣物の欲望の対象でしかありません、——

「シャム猫は軽くうなずいて、バレエでも踊るように、ブロック塀からひらりと地面に降りた。そして黒い尻尾を旗竿のようにまっすぐに上に立てたままゆっくりと歩いてきて、カワムラさんの隣に座った。カワムラさんはすぐに鼻先をのばしてミミのお尻の匂いを嗅ごうとしたが、すかさずシャム猫に頬を張られて、身をすくませた。ミミは間を置かず、手のひらでもう一度相手の鼻先をぶった。／『ちゃんとおとなしく話をお聞き。アホたれ。この腐れキンタマ』とミミは凄みのある声でカワムラさんを怒鳴りつけた」

これこそムラカミ猫小説の極上のページですね。ミミのお尻の匂いを嗅ごうとするカワムラさんもカワムラさんですが、今までの上流婦人ぶりから豹変して、「アホたれ。この腐れキンタマ」と罵るミミさんも、唖然とさせられる妲己（だっき）の姐御ですよね。

Q でも、魅力的ですね、こういうサディスティックな美人猫というのは。

A とくに、せりふが凄いんですね。そういえば、カーネル・サンダーズが高松の裏街で、中日ドラゴンズの野球帽をかぶったホシノ青年に言いますよね、——「このメッキしゃちほこボケ」って（名古屋城の鯱をからかった)。これなんか、「この腐れキンタマ」と双璧ですよね。ミミさんが登場して来るところがまた、猫と女の合体したサイボーグ猫のような、見事なポートレイトになっています、——

「そのとき背後で小さな笑い声のようなものが聞こえた。ナカタさんが後ろを振り向くと、隣家の低いブロック塀の上に美しい細身のシャム猫が腰掛け、目を細めてこちらを見ていた。／『失礼ですが、ナカタさんとおっしゃいましたかしら』とそのシャム猫はなめらかな声で言った」

すごく礼儀正しいシャム猫なんですね。でも、この最初の会話も、よく考えてみると、少しおかしいと思いませんか?

Q うーん、おかしいかな。おかしいといえば、ユーモラスな情景ではありますが、……。

A ミミさんも、オオツカさんも、猫たちがみんな、ナカタさんが猫語をしゃべれることに驚いていないでしょう?

Q そういえば、そうですね。驚いていないですね。猫語をしゃべれる初老の男を、すんなり受け入れてしまっている。

A そういうことです。受け入れる、ということの不思議を、村上は『海辺のカフカ』の、とくに猫と人間の会話で描いていると思います。この長篇では、人間同士でも同じことが起こります。ナカタさんが猫と話ができる、という話を聞いても、ナカタさんを東京から富士川まで連れて行ってくれたトラック運転手のハギタさんは、「わかるよ。あんたならそれくらいのことはやりかねない。俺はちっとも驚かないよ」と言いますし、ナカタさんの旅の相棒になるホシノ青年も、「ほう」と感心はしますが、別に驚きません。ここで長篇のタイトルになっているフランツ・カフカの作品を参照しますと、カフカの代名詞というべき中篇の傑作『変身』ですね。あの小説も一種寓話的な物語になっていて、巨大な毒虫に変身したグレゴール・ザムザを見ても、家族の人たちは驚かないんです。毒虫に変身したグレゴールを誰もが少しずつ受け入れている。ザムザ自身の自分の変身に対する反応にも驚きが欠けています。なんか、鈍いんですよね、反応が。村上が長篇のタイトルに「カフカ」を持ってきた理由が、そこにあります。この反応の〈遅れ〉こそがフランツ・カフカの本領なんです。「ああ、なんという骨の折れる職業をおれは選んでしまったんだろう」とザムザは独白します、――

「『毎日、毎日、旅に出ているのだ。自分の土地での本来の商売におけるよりも、商売上の神経の疲れはずっと大きいし、その上、旅の苦労というものがかかっている。汽車の乗換え連絡、不規則で粗末な食事、たえず相手が変って長つづきせず、けっして心からうちとけ合うようなことのない人づき合い。まったくいまいましいことだ!』彼は腹の上に軽いかゆみを感じ、頭をもっとよくもたげることができるように仰向けのままゆっくりとベッドの柱のほうへずらせ、身体のかゆい場所を見つけた。その場所は小さな白い斑点だけに被われていて、その斑点が何であるのか判断を下すことはできなかった。そこで、一本の脚でその場所にさわろうとしたが、すぐに脚を引っ込めた。さわったら、身体に寒気がしたのだ。／彼はまた以前の姿勢に戻った。『この早起きというのは』と、彼は思った、『人間をまったく薄ばかにしてしまうのだ。人間は眠りをもたなければならない。ほかのセールスマンたちはまるでハレムの女たちのような生活をしている。［……］』」（原田義人訳）

気味の悪いぶつぶつの斑点があって、さわると寒気が走る、身の毛のよだつような毒虫に変身しているのに（巨大な蜘蛛を想像するといいでしょう）、ザムザはいつものように自分の職業への不満を洩らし、ほかのセールスマンと比較して自分の不遇を嘆いたりしています。この期に及んでも、まだ彼は今までの仕事を続けようとしているのです。彼が毒虫への変身を受け入れると思っている証拠です。毒虫への変身という非日常と、毎日の会社勤めという日常が、世間も受け入れるクになっているんですね（ミミさんが貴婦人とシャム猫がモザイクになったサイボーグ猫であるように、です）。同様に『海辺のカフカ』では、ナカタさんの超能力によって、空からイワシが降ったり、ヒルが降ったりしますが、世間がそういう超常現象をすこしずつ——それがいつであるのかがポイントなんですが——受け入れているところが不思議なんです。ホシノさんはナカタさんからその話を聞いても、「ふうん」と言うだけですし、ナカタさんがジョニー・ウォーカーと名乗る猫取りの怪人をナイフで刺して殺してしまい、交番に出頭して巡査に自供しても、巡査はナカタさんを頭のおかしい老人と考え、まともに取り合おうとはしません。ナカタさんが「知事さんによろしくお伝えください」と言うと、——

「『伝えておきます。だから安心して、今日はゆっくりとお休み』、警官はそう言ってから、最後にひとつだけ感想を付け加えた。『ところで、あんた、人を殺して血まみれになったというわりには、服に何もついていないですね』／『はい。そのとおりであります。実を申しまして、それがナカタにも不思議でならないのです。たしかナカタ自身もずいぶん血まみれになっていたはずなのですが、気がついたときにはそれはなくなっていました。不思議です』／『不思議だね』と警官は一日ぶんの疲労をにじませた声で言った」

Q でも、これは警官がナカタさんを頭のおかしい老人と考えていて、ボケ老人と適当に話を合わせているところですから、こういうやりとりがあっても、ごく自然なんではないですか？

A ごく自然に見えちゃうんですね。そこがポイントなんです。「『不思議だね』と警官は一日ぶんの疲労をにじませた声で言った」という対応なんか、あなたでも僕でも、少しでもまともな人なら取りそうな対応でしょう。賢明な応対といってもいいんですよ。でもね、よく考えてみると、この警官はナカタさんの感化を受けているんじゃないですか。程度の問題ですが、ナカタさんの世界に入り込んじゃっているのです。ほんの少し異次元の物語の世界に取り込まれているんです。

Q 『1Q84』で世界が1984年から1Q84年に切り替わったように？

A そうです。月が二つある lunatique な〈頭のおかしい〉世界に移行してしまったように。ところが、誰もがそういう〈頭のおかしい〉世界のなかにいるものですから、それがおかしいと認識することができない。それが、カフカが偉大な先覚者として『城』や『流刑地にて』で描き（これらは『海辺のカフカ』で田村カフカが読む本ですね）、村上が『1Q84』や『海辺のカフカ』で描こうとした、正常と異常、〈こっち側〉と〈あっち側〉、人と猫、人と毒虫の組み合わされた、ハイブリッドな世界の消息なんです。そこでは人間がみんなアンドロイドに変わってしまっています。さらにナカタさんが明日の夕方には、「空から雨が降るみたいに魚が降ってきます」と予言して、「翌日実際に中野区のその一角にイワシとアジが空から降り注いだとき、その若い警官は真っ青になった」という反応も、よく考えてみると、すこし変なんです。真っ青になるより先に（真っ青になったのは、譴責をくらい、へたをしたら免職になるのが怖いからです）、その超常現象の不可思議なことを深刻に受け止めるべきではないですか。警官はそんなことを考えもせず、世間体と保身を気にしています、――

「だいたい、奇妙な老人が交番にやってきて、空からイワシとアジが降ってくることを前の日に予言していたなんていう与太話を、上司はすんなりと信じてくれるだろうか。頭がおかしくなったと思われるのがおちではないか。あるいは話に尾鰭がついて、署内のいい笑い話にされるかもしれない」

この対応もじつはカフカのザムザと同じなんですね。ここでも、上司がどうの、署内がどうの、という以前に、「予言」ということの重要性に思いをいたすべきだったでしょう。空から降ってきた魚を始末するに際しても、事態をあくまで日常のレベルで処理しようとする。つまり超常現象を見て見ぬふりをする。換言すれば、異常な事態を受け入れてしまう姿勢が顕著です。そしてこれが肝心な点ですが、われわれ一般人はたいていこういう対応を取るのです。カフカや村上が描くのは普通の人の反応なんです。ザムザや警官は普通の人なんです。われわれと同じように普通の人なんです。カフカや村上が描くのは、受け入れることの不思議ですが、われわれはそういう不思議な世界にどっぷり浸かって、たいして不思議とは思わなくなっているのです。異常なことに鈍くなり、麻痺しちゃってるんです（先にカフカの〈遅れ〉と言ったのは、このことです）。カフカや村上はザムザや警官をとおして、われわれが異常なことに鈍感になり、麻痺していることの異常さを、目に見えるようにしてくれるのです。

「やがて清掃局の車がやってきて、道路に散らばった魚を処理した。若い警官はその交通整理をした。商店街の入り口を封鎖し、車が入れないようにした。商店街の道路にはイワシとアジの鱗がこびりついて、いくらホースで水を流してもうまくとれなかった。しばらくのあいだ路面はぬるぬるとして、自転車の車輪を滑らせて転ぶ主婦も何人かいた。魚の匂いはいつまでたっても抜けず、近所の猫たちは一晩中興奮していた。警官はそのような雑事の処理に追われて、謎の老人についてそれ以上考える余裕もなくなってしまった」

カフカの『変身』と同じことが、よりユーモラスなかたちで進行しているのです（周知のように、カフカはユーモリストでした）。「［空からイワシが降ることを予言した］謎の老人についてそれ以上考える」ことを放棄して、交通整理をしたり、魚の鱗を水で流そうとしたり、自転車で転んだりしているのが、ユーモア以外の何でしょう。そして、われわれもまた、こんな驚天動地の異変が起これば、まちがいなく同じことをするのです。むしろ、一晩中興奮していた近所の猫たちのほうが、事態の深刻さに気づいているようです。次の田村カフカの父の殺人事件に対する警官の対応も、われわれ普通人と同じ対応です、――

「しかし魚が空から降ってきた翌日、近所の住宅地で男の刺殺死体が発見されたとき、その若い警官は息を吞んだ。殺されていたのは高名な彫刻家［カフカの父・田村浩一］で、死体を発見したのは一日おきにやってくる通いの家政婦だった。被害者はなぜか全裸で、床は血の海になっていた。推定死亡時刻は2日前の夕方、凶器は台所にあったステーキナイフだ。あの老人がここで話したことは真実だったのだ、と警官は思った。やれやれ、大変なことになってしまった。俺はあのとき本署に連絡して、老人をパトカーで連れて行ってもらうべきだったんだ。殺人の告白をしたということで、そのまま上に引き渡してしまうべきだったんだ。頭がおかしいかどうかの判断は彼らに任せればいい。それで現場としての責任は果たせたはずだ」

おそろしいことには、われわれもまた、こういう事態に遭遇すれば、この警官と同じ対応を取るだろう、ということですね。

Q 「われわれ」というなかには、村上春樹も入るのでしょうか？

A そのとおりです。村上も例外ではないでしょうね。ただ、村上はそういう異化されたわれわれを透視する力を持っています。われわれの天国と地獄に通じているんですね。『色彩を持たない多崎つくると、彼の巡礼の年』では、奇怪な性夢を見るつくるの魂の深淵に、われわれ自身の魂の深淵をかいま見てしまうのではありませんか？　われわれ自身が多崎つくるになるのではありませんか。そのようにして、われわれはときとして、猫だけが知っている秘密の奈落（リンボ）に落ちることがあります。一種のストレンジャー（変な人）になることがあります。ナカタさんになることがあります。

次の引用もナカタさんがそんなムラカミ電気猫に変身する世界です、――

「ナカタさんは身体の力を抜き、頭のスイッチを切り、存在を一種の『通電状態』にした。

彼にとってそれはきわめて自然な行為であり、子どもの頃からとくに考えもせず日常的にやっていることだった。ほどなく彼は意識の周辺の縁を、蝶と同じようにふらふらとさまよい始めた。縁の向こう側には暗い深淵が広がっていた。ときおり縁からはみ出して、その目もくらむ深淵の上を飛んだ。しかしナカタさんは、そこにある暗さや深さを恐れなかった。どうして恐れなくてはならないのだろう。その底の見えない無明の世界は、その重い沈黙と混沌は、昔からの懐かしい友だちであり、今では彼自身の一部でもあった。ナカタさんにはそれがよくわかっていた。その世界には字もないし、曜日もないし、おっかない知事さんもいないし、オペラもないし、ＢＭＷもない。はさみもないし、［猫取り男のジョニー・ウォーカーの］丈の高い帽子もない。でもそれと同時に、ウナギもないし、あんパンもない。そこにはすべてがある。しかしそこには部分がない。部分がないから、何かと何かを入れ替える必要もない。取り外したりつけ加えたりする必要もない。むずかしいことは考えず、すべての中に身を浸せばそれでいいのだ。それはナカタさんにとって何にも増してありがたいことだった」

これがわれわれ一般人がときとして入るナカタさんの世界であり、猫たちの世界なんです。ナカタさんはわれわれのストレンジャー（他者）なんですね。なにしろ、猫と話ができるんですから、……。ランボーと同じように「私は他者だ Je est un autre」と言うことができるんですね。『地獄の季節』にこうあります、――「それぞれの存在に、他の多くの人生があってしかるべきだと僕は思ったね。

このお方は自分のしていることをご存じないんだ。そういう人は天使なんだよ。この家族はひと腹の犬の仔なんだ。大勢の人の前でね、僕はかれらの別の人生の一つ、その一瞬と一緒になって、大声で語ったものさ。——こうして僕は豚を愛したんだ」。「このお方」、この「天使」、この「大勢の人」に、ナカタさんを数えてもいいでしょう。村上も含めたわれわれも「一緒になって」いるのでしょう。『海辺のカフカ』で作者がここまで深くナカタさんの心の奥底まで降りていくことはありません。ナカタさんはボケ老人だからというので、誤解されているところがあるようですが、どうしてどうして、なまじの哲学者や賢人より深遠な思想の持ち主です。ただそれが文字や書物の次元にないだけです。『海辺のカフカ』では、もう一人のヒーロー、「世界でいちばんタフな15歳の少年」、田村カフカだけが、ナカタさんに匹敵する智恵を持つのかもしれません。女性では甲村図書館の佐伯さんが、かろうじてナカタさんに等しい能力を持っています。この三人だけが、「入り口の石」が開いているあいだに、こちら側の世界から向こう側の世界へ渡り、そこで落ち合うことができるようですが、これはしかし何も三人の特権的能力ではないのです。先の引用にあったように、意識が一種の「通電状態」に入ればいいのです。そうすると「すべて」に身を浸すことができます。後になって、ふしぎな因縁によって甲村図書館で会うことになったサエキさんとナカタさんは、こんな会話を交わします。これもまた「通電状態」にあるアンドロイドたちの会話と考えるべきでしょう、——

「[……]」実を申しますと、ナカタは中野区でひとりのひとを殺しもしました。ナカタはひとを殺したくはありませんでした。しかしジョニー・ウォーカーさんに導かれて、ナカタはそこにいたはずの15歳の少年のかわりに、ひとりのひと［カフカ少年の父］を殺したのであります。［……］」／佐伯さんは目を閉じ、それから目を開けてナカタさんの顔を見た。「そのような様々なことは、私が遠い昔にあの入り口の石を開けてしまったから起こったことなのですか？　それがまだ尾を引いて、今でもあちこちに歪みのようなものを作り出しているのですか？」／／「ナカタにはそこまではわかりません。ナカタの役目はただ、今ここにあります現在、ものごとをあるべきかたちにもどすことであります。そのためにナカタは中野区を出て、大きな橋を渡って、四国まで参りました。そしてたぶんおわかりでしょうが、サエキさんはここに残ることはできません」

これはナカタさんのパートの冒頭で見た、ナカタさんと猫さんたちの会話に似ています。佐伯さんにおいては、先に見た『変身』のザムザよりいっそう、驚きの感情が希薄になっています。いや、彼女には感情というものが欠けているようです。これをクールと言ってもいいのですが、佐伯さんのクールは一般にいわれる「クール」とは違って、カフカの『変身』に見たような、世界の出来事に対して〈共時的 synchronique〉な関係にある者のクールなのです。佐伯さんの言う「入り口の石」などという訳の分からないものでも、最初からナカタさんには受け入れられています。それは二人には既に了解されていることなのです。すべてがこの〈既に〉のうちに進行するかのようです。われわれはこれをカフカ的な〈遅れ〉と名づけました。ナカタさんも佐伯さんも、常に既に遅れながら、ふしぎな「入り口の石」に関して共通の理解のなかで語らっているのです。「私たちはそろそろここを去らなくてはなりません」とナカタさんは言います。「わかっています」とサエキさんは答えます。「ここを去る」とは、現実的には死ぬことですが、ナカタさんにしても、サエキさんにしても、「すべて」に身を浸すだけのことでしょう。僕が〈共時的〉な変化と言うのはそのことです。『海辺のカフカ』はそんなふうにしてクールな結末を迎えますが、ナカタさんにとっては猫探しに空き地に通う冒頭の日々において、そういう事態はすでに自明のことであったのでしょう、――

「ときどき彼はまどろみの中に落ちた。しかしたとえ眠っていても、彼の実直な五感はその空き地に鋭敏な注意をはらっていた。そこで何かが起これば、そこに誰かがやってくれば、彼はすぐに目を覚まし行動にとりかかるはずだった。空は敷物のようなのっぺりとした灰色の雲に覆われていた。でもとりあえず雨は降り出しそうになかった。猫たちはみんなそのことを知っていたし、ナカタさんも知っていた」

あるいは、ナカタさんはこんなふうに少年時代のことを回想します、――

「家には何匹かの猫が飼われていて、その猫たちはナカタさんと親しい友だちになった。最初のうちは片言しか通じなかったけれど、ナカタさんは外国語を習得するみたいに我慢強くその能力を発展させ、やがてはかなり長い会話ができるようになった。ナカタさんは暇さえあれば、縁側に座って猫たちと話をしていた。猫たちは自然や世の中についてさまざまな事実をナカタさんに教えてくれた。実際の話、世界の成りたちについての基礎的知識のほとんどは猫から学んだようなものだった」（傍点引用者）

Q やはり「縁側」なんですね。村上にとって、電気猫の夢を見る場所は縁側なんですね。子どもの頃、縁側で庭の松の木のてっぺんに消える猫を見ていたムラカミ少年から、あるいは、同じ猫の振舞いを縁側で見た「人喰い猫」の「僕」や『スプートニクの恋人』のすみれから、『ノルウェイの森』で死んだ直子の代わりに縁側で猫の「かもめ」と遊ぶワタナベから、縁側で猫たちと話すナカタさんは、ほんの一歩なんですね。

A ムラカミ少年の子どもの頃の経験が、しっかりとナカタさんの回想のなかに生かされているんです。ムラカミ猫の代表作といってよい掌編『ふわふわ』の書き出しからして、これはむろん村上自身の回想ですが、縁側が出て来ます、——

「ぼくは世界じゅうのたいていの猫が好きだけれど、この地上に生きているあらゆる種類の猫たちのなかで、年老いたおおきな雌猫がいちばん好きだ。／その猫が、長いあいだ使われていなかった広い風呂場を思わせるような、とてもひっそりとした広がりのある午後に、太陽の光のあふれた縁側で昼寝をしているとき、そのとなりにごろりと寝ころぶのが好きだ。そこで目を閉じて、あらゆる考えごとを頭から追いはらって、まるでぼく自身が猫の一部になったような気持ちで、猫の毛のにおいをかぐのだ」（傍点引用者）

Q これはもうまるきり『村上春樹は電気猫の夢を見るか?』の世界ですね。

A 電気猫への生成の過程にあるんですね。アンドロイドというのは〈あっち側〉——ここでは猫の世界——への生成の過程にある生体を言うんです。ムラカミはアンドロイドになって、電気猫の夢を見てるんですね（ちょっと私事をさしはさませていただきますと、僕の家で飼っている猫のヤンが、「年老いたおおきな雌猫」ですから、ひとしおこの気持ちはよく分かります。ちなみに『村上春樹とネコの話』の表紙になっているソマという猫は、四年前に事故で亡くなりました。十二歳でした）。『ふわふわ』には、こんなところもあります、——

「まだちいさな子供であるぼくと、その年老いた猫とのあいだには、それほどの大きさの（あるいは考えかたの）ちがいはない。／ほとんど同じくらいだといってもいいかもしれない。ぼくらふたりはからまりあうようにして、まるでおなじみの泥水みたいに、／そこに静かに転がっている。だれもなにも言わない。世界にはぼくらだけしかいないみたいに感じられる」

これは猫の心のなかの風景であると同時に、村上春樹の心のなかの風景ですが、『海辺のカフカ』のナカタさんの心のなかの風景ですね。ナカタさんにとって、——

「彼が心を通じ合わせることができる相手は猫だけだった。休みの日には近くの公園に行って、終日そこのベンチに座り、猫たちと話をした。不思議なことに猫たちと話すときには話題は尽きなかった」

Q そういえば『海辺のカフカ』の次の長篇——といっても、短めの長篇ですが——『アフターダーク』（二〇〇四年）でも、公園で猫と——話すわけじゃありませんが——遊ぶ、印象的なシーンがありました。

A 猫と話をするのではなくて、高橋というトロンボーン吹きの青年と、ヒロインのマリさんが、渋谷と思われる大都会の小さな公園で、猫にエサをやりながら話をするんでしたよね。まず高橋が、

「少し歩いたところに、猫の集まる小さな公園があるんだ。水銀入りのツナサンド［この前に「ツナを食べると、体に水銀がたまりやすいの」というマリのせりふがあったのです］を持っていってわけてやろう。はんぺんもある。猫は好き？」

女の子を誘う心憎いテクニックを高橋は使っています。あまり指摘されないことですが、村上のヒーロー、一例が『ノルウェイの森』のワタナベなんかは――彼も猫と親しみ、縁側で猫と遊ぶんでしたよね――、プレイボーイ、というか女たらしなんです（プレイボーイも、女たらしも、ともに今ではほとんど死語ですが）。女の子をナンパするのが上手です。それで次の11章の書き出しになると、「マリと高橋は公園のベンチに並んで座っている」と、ちゃっかりデートしちゃってるわけです。

Q『アフターダーク』は、よく言われることですが、ビデオカメラを回すような書き方がしてありますね。学生時代に映画のシナリオを読み込んで、アメリカ映画についての卒業論文を書いた村上ならではの、映像的作品ですね。

A 猫と恋人たち（まだ恋人たちではありませんが、やがてそうなる）が、共時的に同時存在している光景が、映像のように展開するんですね、――

「マリは膝の上に白い子猫を載せて、ティッシュペーパーに包んで持ってきたサンドイッチを食べさせている。子猫は美味しそうにそれを食べている。彼女はそっと子猫の背中を撫でる。ほかの猫が数匹、少し離れたところからその様子を見ている」

高橋が言います、——

「『アルファヴィル』［ラブホテルの名］で働いていたとき、休憩時間に餌をもって、よくここに猫をさわりにきたよ」

うまいですね、電気羊にさわりに来るブレードランナーのリック・デッカードみたいでしょう？マリという女の子のハートをキャッチする物言いにとても長けています。「マリは黙って猫を撫でている」とか、「マリはツナサンドをまた一切れちぎって、子猫にやる」とか、「マリは黙って膝の上の猫をなで続けている」とか、「マリは手のひらでそっと子猫を包み込む」とか、——猫と二人の会話がつかず、離れず、対位法的に進行します。高橋も負けていません、——「大きな茶色の猫がどこからともなくやってきて、高橋の足に頭をこすりつける。彼は身を屈めてその猫を撫でてやる」とか、「手をのばして猫の耳のうしろを掻いてやる」とか、——彼はまるでマリの〈代補〉〈デリダ〉であるかのように猫を愛撫しています。まさか（まだ）マリを愛撫するわけにはいきませんから、代わりに猫を撫でているんですね。これは電気猫を愛するブレードランナーの世界ですよ。村上の巧妙なところは、そんな素振りをまったく見せずに、男が女を口説くシーンを書くことですね。この場面なんかも、マリのお姉さんや猫なんかをダシに使いながら、高橋はマリを口説いているんですが、口説くというような一時代前の雰囲気は一切匂わせません。そういう効果に公園の猫たちが体よく利用されているところ、ありますね。

Q 利用する、というより、さきほど使った言葉でいえば、共生する、という感じですが。

A そうはいっても、深夜の――いや、午前三時四十分ころですから、もう明け方が近いですね――公園で、知り合ったばかりの若い男女が語りあうには（ラブホテルに行けば別ですが）、猫でもいなければ、間が持たないということはあるでしょうね。村上の上手なところは、二人の会話と猫とのやりとりが無関係に進行することですね。それを共生といってもいいのですが、〈共時的〉ということもできますね。猫と人間がつかず離れず、シンクロしてるんですよ。

Q ところで『海辺のカフカ』のナカタさんと並ぶもう一方のヒーロー、田村カフカにとって、電気猫の夢はどんなふうに進行するのでしょうか？　それとも、田村カフカには電気猫の夢は無縁なんでしょうか？

A 先にも言いましたように、『海辺のカフカ』における猫は、ナカタさんのパートの冒頭に集中しています。それ以後、田村カフカのパートにおいても、有効に猫を布石することによって、ムラカミ猫小説としての『海辺のカフカ』は周到に編成されています。ナカタさんは猫と話すのですから、電気猫化の現象を極限まで行ったタイプと言えますね。さてクールでダイハードな田村カフカですが、彼の場合、どうなんでしょう？「カフカ」というのはチェコ語で「カラス」のことである、と小説にありますし、田村カフカの守護神（ジン）のようにして、「カラスと呼ばれる少年」が出て来ますから、カフカ少年はカラスと親しんでいるようですね。もっとも、カラスは黒猫が翼を生やしたように見えなくもない。空飛び黒猫と言えますね。翼のある電気黒猫ですよ、カラスというのは。そんなわけで、長篇のラストに近いところでは、番外篇のようにして「カラスと呼ばれる少年」が飛来して来て、猫を殺してその魂を集めて笛をつくる、ジョニー・ウォーカーなる猫取り男を攻撃して、惨殺してしまうシーンがあります。こうしてみると、田村カフカは猫の敵のジョニー・ウォーカーに復讐してくれる「カラスと呼ばれる少年」を分身とする、という意味で猫の味方、もっといえば人／猫／カラスのサイボーグであると言えそうですね。

Q 田村カフカのパートには、猫は一匹も出て来ないのですか？

A いや、一箇所だけ、カフカが猫と遊ぶシーンがあります。一箇所だけですから、余計印象に残るシーンです。四国の高松にやって来て、夜行バスで知りあった「さくら」という女の子のアパートに泊めてもらい（セックスはしません。手で出してもらうだけです）、翌日の朝、アパートを出るところです、——

「階段の真ん中あたりで、白と黒のぶちの猫が昼寝をしている。人なれしているのか、僕が下りていっても立ちあがる気配も見せない。となりに座って、しばらくその大きな雄猫の身体を撫でる。なつかしい感触だ。猫は目を細め、喉をごろごろと鳴らし始める。僕らは長いあいだ階段に並んで座り、それぞれの親密な感触を楽しんでいる。やがて僕は彼に別れを告げ、通りに出る。外では細かい雨が降り始めている」

ハードボイルドな田村カフカにしては、意外な光景かもしれませんが、彼は猫好きなんですね。ナカタ老人と同じように少年が猫とつきあっていることに注目してみましょう。「なつかしい感触」と言っていますから、カフカは以前、小さいころに、猫を飼っていたのでしょうね。「大きな雄猫」とありますから、ひょっとするとピーターのことかもしれませんね（ピーターは厳密にいえば「ペルシャと虎猫の混血」とありましたが）。カフカ／ムラカミがピーターのことを思い出して、「なつかしい感触」と感じたのかもしれません。いずれにしても、猫を「彼」と言っていることからも、田村カフカの猫化の兆候は明らかです。ちなみに、漱石の『吾輩は猫である』では、猫の擬人化がいちじるしいわけですが、村上はその反対に、人の猫化が顕著なんですね。これをドゥルーズの〈動物生成〉に倣って、〈猫生成〉といっていいでしょう。猫になること、ですね。あらゆる生成は、ドゥルーズによれば、マイナー生成なんです。人が猫になることを生成と呼んでも、猫が人になることを生成とは言わないのです。その点では保坂和志の『明け方の猫』のほうが村上に近いですね。主人公が夢のなかですが、猫になってしまうのですから。それはカフカの『変身』の書き出しのように、「明け方見た夢の中で彼は猫になっていた」という素敵な始まりです。「文藝」連載中の「遠い感触」でも、ジジだとかペチャだとかチャーだとかという猫たちとの共生が描かれていて、いいですよ。

Q　話は少し飛びますが、猫といえば外せない写真家の荒木経惟はどうですか？「幸福論——荒木さんは女ですよ」というタイトルで以前、荒木さんにインタビューなさったことがありますね（編著『写真とフィクション』）。

A　荒木さんといえばチロですが、もともと猫好きでもなかった荒木さんが、奥さんの陽子さんがもらってきた生後四か月の子猫にすっかりまいっちゃうんですね。そういえば村上春樹の奥さんも陽子さんでしたね。それかあらぬか、荒木さんの奥さんは村上のファンだったそうです。荒木さんの最高作『愛しのチロ』（一九九〇年）にはご自身の長めのキャプションがつけてあって、これがまたいいんですね。

「Aはたちまちチロのトリコモナス、魅せられしキン魂。さっそくこのコロリコロリをネコロリコロリとネーミングした。ったくもー、可愛いったらありゃしない。もー、ヨーコなんていらない、ニャンちゃって」

自筆のアラキ文字で書いてあって、まるでナカタさんの書いた猫語の日記ですね。荒木さんの場合、チロの写真を日付入りで撮りながら、陽子さんの人生やら、ご自分の人生やらが、同時に写し込まれていく。私小説とか私写真なんて言ってますが、これ、ウソなんですよね。虚飾のチロであり、虚飾のアラーキーです。『吾輩は猫である』とは違うんですよ（奇しくも『猫』を読みながら、おなかにチロちゃんをのっけて、ソファに寝ころがっているアラーキーのセルフポートレイトがありますけどね）。漱石の猫には名前がないけれど、荒木さんの猫にはチロという名前がちゃんとついていて、チロでなきゃダメ、という愛情がせつせつと感じられます。荒木さんにはチロ以外の猫を撮った『東京猫町』(一九九三年)という名作写真集があります。さすが荒木! と感心しますが、『チロ』には及びませんね。「アッジェしてる」とご自身で書いていらっしゃるように、東京の染みみたいに迷路のなかに紛れた猫たちを撮ったアジェ流の写真集ですが、ついついチロの姿を探してしまうんですよね(有名な豪徳寺自宅マンションのバルコニーで遊ぶチロが、二点だけ入っています)。チロ以外の写真も入っている『チロとアラーキーと2人のおんな』(一九九六年)という谷崎潤一郎をもじった写真集もあって、おもしろいにはおもしろいんですが、名作『チロ』の冴えや切れがありません。やはり荒木さんはチロで陽子さんなんですよ。チロが死んだときに出版した『チロ愛死』(二〇一〇年)にも同じことが言えて、チロの一瞬の輝きを写し止めた少女『チロ』には、ちょっと敵わないんだな、これが。

Q 『愛しのチロ』のなかで、この一枚、というと、どの写真になりますか?

A みんないいんですよ。というか、この一枚を選ぶことができない。荒木経惟という物語のなかに編み込まれちゃったチロですから、物語を読むようにチロの写真を追っていくしかない。チロだって一瞬一瞬変わっていきます。跳んだり、はねたり、一枚の写真にフレーミングされていないんですよ。フレームにおさまらない。写真から飛び出して来ます。ウインクするチロ、牙を剥いて吠えるチロ、ヤモリの首をちょんぎって、舌なめずりしているチロ、チロちゃんの寝姿、お澄ましするチロ、みんないいですね。

Q　荒木のチロと、村上のピーター。どっちがどっちでしょうね？

A　どっちがどっちでしょうね。村上がピーターの写真を残してくれたらよかったんですがね。あるいは、ピーターと一緒にいる村上を陽子さんが撮っておいてくれたら、って思います。村上とピーターが「おなじみの泥水みたいに」（『ふわふわ』）遊ぶ光景が見られたでしょうね、――『愛しのチロ』におけるチロとアラーキーのように、ですね。写真は記憶で撮ることができないのが欠点だな。荒木さんの場合、どちらかというと谷崎のようにチロに籠絡（ろうらく）されるところがありますが、ムラカミ猫にあっては、人間が猫の言語を解し、話すばかりではなく、人間と猫は対等なんですね。ときには猫が人間に教訓を垂れたりします。ラストに出て来る黒猫のトロの場合、トロはホシノ青年に、「[亡くなったナカタさんの]資格をひきつぐんだ」と訓戒しますし、青年は、「猫の言いなりになって昼寝をするというのも奇妙なものだったが」とか、「それもさ、近所の黒猫に指示されてやるんだぜ」とか、とボヤキます。共生しているといってもいいでしょう。両者がシンクロしているというのは、そういう意味です。

Q　ナカタさんが猫のやさしいクールさを体現するとすれば、田村カフカは少しこわもてなクールを体現するといえそうですね。

A　そうなんですね。なにしろ「世界でいちばんタフな15歳の少年」なんですからね。彼自身のセルフポートレイトによれば、――

「筋肉は金属をまぜこんだみたいに強くなり、僕はますます無口になっていった。感情の起伏が顔に出るのをできるかぎり抑え、自分がなにを考えているのか、教師やまわりのクラスメートに気づかれないようにする訓練をした。［……］／鏡を見ると、自分の目がとかげのように冷ややかな光を浮かべ、表情がますます硬く薄くなっていくことがわかった。考えてみれば、僕は思い出せないくらい昔から一度も笑っていなかった」

どこかハードボイルドのパロディみたいなところもあって、笑わせるかもしれません（本人が一度も笑わない、というのが、笑わせるのです）。まあ、こういうこわもての猫だっていないことはないですね。ホシノ青年でさえ、トロが「一瞬にやっと」笑うのを見て、

「猫が笑うのを目にしたのはそれが初めてだった」と言うくらいですものね。「でもその笑いはすぐに消え、猫はまたもとの神妙な顔つきに戻った」

Q そういえば『1Q84』のヒロイン・青豆も、笑わない女性でしたね。

A 青豆と田村カフカは似ているかもしれません。青豆の「堅く閉じられた唇は、よほどの必要がなければ微笑みひとつ浮かべなかった」とありますよ。

Q 猫の笑いといえば、チェシャー猫の笑いというのが有名ですが。

A 『不思議の国のアリス』に出て来ますね。ディズニーのアニメで見て、忘れられない印象を持ちました。黒猫のトロの「にゃっ」と笑う笑いもすぐに消えましたが、チェシャー猫の笑いも煙のように消える笑いで、猫というのは消えることを特技とするんですね。『ねじまき鳥クロニクル』のワタヤ・ノボル（サワラ）も、『スプートニクの恋人』の松の木のてっぺんで消える猫も、チェシャー猫の笑いを残して消えていくようです。

Q ところで『海辺のカフカ』では、長篇の鍵になるオブジェである「入り口の石」なるものが、しばしば猫のメタファで語られますね。それはどんなものなんでしょう？

A 「入り口の石」というのは、『1Q84』に出て来る「空気さなぎ」と同じように謎の物体なんですね。村上はそういう謎の物体を提出して、くわしく説明しないんですね。そこがミソなんです。謎を提示して、解決しない。読者（の想像）に任せる。最近では、映画でも、小説でも、そういう傾向が顕著ですが、これはムラカミが作りだしたグローバルなトレンドなんですね。下巻の最初の章で、目的もなく、なぜとも知れず、四国の高松までやって来たナカタさんとホシノ青年は、こんな会話を交わします、――

「どうだい、ナカタさん、場所はこのへんでよさそうかい」「はい。ホシノさん、どうやらここでよいようであります。ナカタにはそのように思えます」「場所はよしと。で、これから何をするの？」「入り口の石をみつけようと思います」「入り口の石？」「はい」「ふうん」と青年、

「きっとそこには長い話があるんだろうね」「はい。長い話があります。しかし長すぎて、ナカタには何がなんだかよくわかりません。実際にそこにいけばたぶんわかるのではないかと思いますが」

こんなふうにして「入り口の石」は『海辺のカフカ』で初めて言及されます。

Q 結局、「何がなんだかよくわかりません」ということなんですね。

A おそらく村上自身にもよくわからないんじゃないのかな。村上の長篇の書き方がそうなんですね。何がなんだかわからない状態で、手さぐりするように五里霧中で書き進めていく。謎ときを作者が読者と一緒になってやるんですよね。そうでないと、読むほうも楽しめないし、書くほうも楽しめない。まあ、小説というのは迷路をさまようようなものですからね。最初から出口が分かっていたら、迷路のおもしろみがなくなってしまいます。

Q それにしても、何かしるしになるものが必要でしょう、何か目印になるものが。

A そうなんですね。「入り口の石」が、そういう目印ですね。ふっと「入り口の石」という言葉が村上の心に浮かぶんです。それから書き始める（読み始める）。初期の短篇に出て来る「貧乏な叔母さんの話」（『中国行きのスロウ・ボート』所収）のようなもの、――

「そんな午後になぜ貧乏な叔母さんが心を捉えたのか、僕にはわからない。まわりには貧乏な叔母さんの姿さえなかった。それでもそのわずか何百分の一秒かのあいだ、彼女は僕の心の中にいたし、その冷やりとした不思議な肌ざわりはいつまでもそこに残っていた」

『パン屋再襲撃』の短篇「象の消滅」にも、よく似た現象が生起しています、――

「それは不思議な光景だった。通風口からじっと中をのぞきこんでいると、まるでその象舎の中にだけ冷やりとした肌あいの別の時間性が流れているように感じられたのだ。そして象と飼育係は自分たちを巻きこまんとしている――あるいはもう既に一部を巻きこんでいる――その新しい体系に喜んで身を委ねているように僕には思えた」

象にせよ、貧乏な叔母さんにせよ、チェシャー猫の笑いにせよ、いや、ワタヤ・ノボル（サワラ）や黒猫のトロにせよ、ガールフレンドにせよ、その消え去る瞬間には、同じ「冷やりとした肌あいの別の時間性」を、われわれの手に残すものなんですね。

「貧乏な叔母さん？／僕はもう一度あたりを見まわしてから、夏の空を見上げた。ことばは風のように、あるいは透明な弾道のように、日曜日の昼下がりの中に吸い込まれていた。始まりはいつもこうだ。ある瞬間に全てが存在し、次の瞬間には全てが失われている」

「入り口の石」もそんなふうにある瞬間に作者（と、ナカタさん）の心を捉えたのです。前にナカタさんがリンボに落ちたときの心の在り方について、「むずかしいことは考えず、すべての中に身を浸せばそれでいいのだ」とあったことを思い出して下さい。村上が「入り口の石」に心を捉えられる瞬間、ナカタさんもその言葉に心を捉えられ、「ある瞬間に全てが存在し」、その「すべての中に身を浸せばそれでいいのだ」ということが起こったのです。それ以後、ナカタさんとホシノさんの二人の道行きを導いていくのは、この正体不明の「入り口の石」ですし、作者を導いていくのも、同じ〈何がなんだか分からない〉「入り口の石」なのです。

Q　その「入り口の石」へ導いていくのが、カーネル・サンダーズというこれもわけの分からない人物ですね。

A　河合隼雄なら「なぜなし」の世界と言ったでしょうね（『猫だましい』）。ファンタジーですよ。でも、村上の場合、ただのファンタジーじゃない。〈後追い構成〉によって精緻に編み直されたファンタジーです。具体的にはホシノさんが一人で（ナカタさんは猫みたいに長い長い眠りに入ってしまっています）高松の裏通りを歩いていると、カーネル・サンダーズなる怪人があらわれ、「実はな、石はこの神社の林の中にある」と教えてくれます。そのときこのカーネル・サンダーズが上田秋成を引いて、「我もと神にあらず仏にあらず、只これ非情なり。非情のものとして人の善悪を糺し、それにしたがふべきいはれなし」と言うのは、冗談から駒というべき『海辺のカフカ』の核心を衝いた言葉です。ホシノ青年が、「つまりおじさんは、善悪を超えた存在なんだ」と言うと、相手は「ホシノちゃん、それは褒めすぎだ」と謙遜しますが、ここにもカーネル・サンダーズを図星にする真実が含まれています。村上の本ではダジャレに真実が潜むことを忘れてはなりません。やはりカーネル・サンダーズがのたまう、――

「宇宙そのものが巨大なクロネコ宅急便なんだ」

という託宣などは、そういう箴言の一つです。クロネコ宅急便というのは、けだし、空飛び黒猫や電気黒猫をひと言で射止めた名言ではないでしょうか？　「善悪の彼岸」といえばニーチェですが、ウイリアム・バロウズが『キャット・インサイド』で言うように、猫は犬と違って、「善悪を超えた存在」なのです。

「犬はもともと見張り役だったんだ。いまでも牧場や村では、そういうのが主な仕事だよ。よそ者が接近して来たら知らせる仕事、ハンターやガードマンの仕事さ。だから犬は猫が嫌いなんだ。／『おれたちはこんなにご奉仕してるのにさ、猫のやつらときた日にゃあ、のらくらしてゴロゴロのどを鳴らすだけ。鼠捕りだって？　鼠を殺すのに三十分もかけるんだぜ。[……]最悪なのは、連中には善悪の区別もつかないってことさ』」（『キャット・インサイド』）

おもしろいことには、ナカタさんも死んでしまい、「入り口の石」を抱えて途方に暮れているホシノ青年の前にあらわれた黒猫のトロに、青年が「あんた、ひょっとしてカーネル・サンダーズじゃないだろうな?」と聞くことです。黒猫は、そんな奴は知らんぜ、と惚(とぼ)けますが、窮地にあるホシノさんを救ってくれる黒猫のトロは、高松の裏通りでナカタさんを「入り口の石」のある神社に連れて行ってくれたカーネル・サンダーズの、黒猫に化けたアバター以外の何者でもありません。つまりカーネル・サンダーズは「善悪を超えた存在」であり、黒猫のトロであり、「入り口の石」の秘密を知る者なのです。そんなわけでホシノさんはカーネル・サンダーズの導きによって、神社で「入り口の石」を手に入れ、泊まっている旅館に運びます。朝、長い長い眠りから目を覚ましたナカタさんは、

「枕もとに正座をし、しばらくのあいだ熱心にその石を眺めていた。やがて手を伸ばし、まるで眠っている大きな猫にさわるときのようにそっと石に触れた」

Q 「入り口の石」は猫のメタファなんですね。めでたく石から猫へ、話がつながりました。

A あるいはその逆かもしれません。「猫にさわるときのようにそっと石に触れた」という、その後の文章にも注目すべきです、——

「ナカタさんが見おろすと、痩せた一匹の黒猫がビルとビルのあいだの狭い塀の上を、尻尾を立てて巡回していた」

石から、というか、メタファから、現実の猫があらわれたみたいでしょう。そんなわけでこの黒猫も「優雅に」消滅の道をたどります、――

「『今日は雷さんがきます』とナカタさんは猫に向かってそう声をかけた。しかしその言葉は猫の耳には届かなかったようだった。猫は振り返りもせず、歩をとめることもなく、そのまま優雅に歩き続け、建物の陰に消えていった」

この黒猫なんか電気猫そのままで、ラストで出現する黒猫のトロの変幻ではないでしょうか？もちろんこちらの黒猫は痩せていて、黒猫トロは肥満タイプですが、これは鮨屋の猫でトロを食い過ぎたせいなのです。距離については前にもふれましたように、今ナカタさんたちのいる、高松駅まで徒歩数分のしけた旅館と、追われる身になった二人が潜行する、郊外にカーネル・サンダーズが用意したマンションでは、だいぶ距離が離れていますが、そもそも巻頭の「カラスと呼ばれる少年」のマキシムに、「距離みたいなものにはあまり期待しないほうがいい」とあったのだし、それ以上にカーネル・サンダーズが黒猫トロのアバターであれば、二つの住まいのあいだを行き来するのは、お茶の子さいさいのはずではありませんか。しかし黒猫はナカタさんの呼びかけに、知らんぷりを決め込みます。このことからもお分かりのように、「入り口の石」とこの黒猫は見たところ無関係です。こんなふうにランダムに点在する、つながりがないように見えて、つながりのある何匹もの猫たちの暗躍に注目すべきでしょう。「猫はなんでも知っているんだ。犬とは違うよ」とは、黒猫トロの至言というべきです。こういう離接の理法を心得たムラカミ猫の例を、もう一匹あげますと、長篇も終わりに近い第44章で、ナカタさんとホシノさんが、亡くなった佐伯さんから託された三冊のファイルを、国道沿いの河原で焼く場面です、――

「二人が川縁で季節はずれの焚き火をしているのを、近くを通りかかった1匹の猫が足を止めて興味深そうに眺めていた。痩せた茶色い縞柄の猫だった。少しだけ尻尾の先が曲がっている。なかなか性格のよさそうな猫だったので、ナカタさんはよほど話しかけてみようかと思ったが、そばにホシノさんがいることを思い出してやめた。猫はナカタさんが一人でいるときでないと気を許さないのだ。それに以前のようにうまく猫と会話ができるかどうか、ナカタさんにはもうひとつ自信がなかった。ナカタさんとしては、妙なことを言って猫を脅かしたくはなかった。猫はそのうちに焚き火を見るのにも飽きたらしく、腰をあげてどこかに行ってしまった」

これなどフッと飛来する電気猫ですね。この猫も消えるんです。ムラカミ猫はたいていこんなふうに「どこかに」行ってしまいますね。二人の焚き火を猫が興味深そうに眺めた、とありますが、佐伯さんの書いたファイルに猫は興味を抱いたのではなく、ただ焚き火に興味を持っただけなのです。この猫もまた小説のストーリーとは無関係に、ふらりとあらわれ、ふらりと姿を消す、袖振り合うも多生の縁の電気猫にすぎません。

Q ただ、「少しだけ尻尾の先が曲がっている」というところが、気になるといえば気になりますね。

A そうですね。ひょっとすると、『羊をめぐる冒険』の「いわし」の転生した猫である『ねじまき鳥クロニクル』のサワラが、空飛び猫のように『海辺のカフカ』の焚き火に興味を抱いて飛来したのかもしれませんね。焚き火というのも、『神の子どもたちはみな踊る』の名篇「アイロンのある風景」にありますように、村上の重要なテーマですからね。「なかなか性格のよさそうな猫だった」とありますから、このままどこかに行かせてしまうのは心残りのような気もしますが。

Q それで「入り口の石」はどうなったのでしょう？

A ほかに「入り口の石」が猫のメタファであらわれるところを拾ってみましょう。ナカタさんとホシノさんが、

「猫さんとはよく話しましたが、石さんと話したことはまだありません［……］」「石と話す

のはむずかしそうだね」「はい。猫さんとはずいぶん違います」

と、猫さんと石さんの違いを語りあったり、市立図書館で「ナカタさんは『日本の名石』を見終えると、それを書架に返し、今度は『世界の猫』にとりかかった」とか、「［石のことを調べた」図書館の本で見たいろんな猫の顔を思い出した」とか、石と猫のパラダイム（範列）を展開する場面がいくつかありますね。ナカタさんが眠るがごとき大往生を遂げたあと、いよいよホシノ青年は問題の「入り口の石」と向かい合います。一人残されたホシノさんは、冷房をガンガン効かせて「冷蔵庫みたいに」冷えた部屋のなかで、ナカタさんの振舞いをなぞるようにして、「猫を撫でるように、丸い石を手のひらで撫で［る］」のです。ここでも石は猫の身代わりなんですね。ホシノ青年は「［ナカタさんの］資格をひきつぐんだ」という黒猫トロの教訓を、ちゃんと守るんですね。そうはいっても、「まったくどうすりゃいいのかね」とホシノさんは困り果てています、「ナカタさんをどこかまともなところに引き渡したいんだが、君」というのは「入り口の石」のことです、「君をどうにかしないことには、それができねえわけだ。それでいささか困っちまっている。ホシノくんがどうすればいいのか、もし知っていたら、ちょいと教えてくれないだろうか」。

Q そこへ黒猫のトロさんが登場するのですね。

A 黒猫のトロが登場するのです。この黒猫は文字通り『海辺のカフカ』のムラカミ猫の元締めです。『海辺のカフカ』全篇を仕切る者です。『羊をめぐる冒険』が「いわし」（という名前はまだなかったのですが）を宗教的な運転手に預け、ラストでその運転手から「いわしは元気ですよ」という消息を聞いて、めでたく円環を閉じるように、『海辺のカフカ』も最後はこの黒猫の出現でメられるのです。この長篇では、猫はナカタさん登場の前半部分に集中していますが、全篇におけるムラカミ猫の配分はみごとなもので、ここであらわれる黒猫のトロが、まさに画竜点睛を入れるのです。これで上下二巻の長篇のムラカミ猫のバランスは完全なものになります。ホシノ青年が「窓の外を見ると」と本にあります、――

「太った黒猫がベランダの手すりに乗って、部屋の中をのぞき込んでいた。青年は窓を開けて、退屈しのぎに猫に声をかけた。／「よう、猫くん。今日はいい天気だな」

すると黒猫は「そうだね、ホシノちゃん」と返事をしたのです。

Q　これはどうみてもカーネル・サンダーズの化生（けしょう）の者として飛来した電気猫ですね。星野青年に「ホシノちゃん」などと呼びかけるのは、カーネル・サンダーズを措いて他にありえませんものね。

A　いや、逆かもしれませんよ。カーネル・サンダーズなんて者はもともと存在せず、黒猫のトロの化生の者が、すなわちカーネル・サンダーズだったのかもしれません。黒猫トロこそが、すべての『海辺のカフカ』のアンドロイドたち、作者の言によれば「演者」たち（ロングインタビュー「村上春樹『海辺のカフカ』を語る」）、ナカタさんやホシノさん、カーネル・サンダーズや、ジョニー・

ウォーカーさえもが、見果てぬ夢に見る偉大な電気黒猫の化身だったのです。青年は「参ったなあ」と首を振りますが、その言葉で第46章は終わり、「カラスと呼ばれる少年」という番外編に続きます。ですから、カラスと黒猫（空飛び電気黒猫）のあいだに黒のパラダイムが成立するわけで、その証拠に、ホシノ青年のパートは、田村カフカのパートの第47章の次の章、第48章でまた「参ったなあ」という青年の言葉に受け継がれ、「参ることはないだろう、ホシノちゃん」と、「ホシノちゃん」という愛称が反復されることによって、黒猫のテーマによるムラカミ猫の円環が完成するのです。第6章でナカタさんの前に初めて姿をあらわす猫が、「年老いた大きな黒い雄猫」でしたね。黒猫から黒猫へ、大きな円環を描いて、オープニングとエンディングを、大きな太った雄猫（オオツカさんとトロさん、そのジェネシスとしてのピーター・キャット）が、長篇の全篇を司るんですね。

Q そこで黒猫のトロは、カーネル・サンダーズ並みの哲学的言説を開陳するんでしたね。

A 「どうして人間の言葉がしゃべれるんだい？」とホシノ青年が聞くと、黒猫は必ずしも人間の言葉をしゃべっているのではない、という意味の返事をします、――「わしらは世界の境めに立って共通の言葉をしゃべっておる。それだけのことだよ」。これなんかまさしく電気猫ならではの言語論ですね。トロも言うように「説明すると話が長くなる」ので、端折っちゃいますと、黒猫のトロがしゃべっている言葉は、猫と人間の境界で話される猫の言葉だったんですね。前にバルトの『S／Z』にふれて言いましたように、〈猫／人〉のニュートラルな斜線（／）のところで言葉を交わしていた、と言っていいでしょうね。トロがホシノ青年に「きみはなかなか有名なんだよ。ホシノちゃん」と言うのは、もちろん漱石の『吾輩は猫である』の引用です（「吾輩は新年来多少有名になったので」と『猫』の第二章にあります）。黒猫がにやっと笑うのはそのときです。それからですね、「入り口の石」から中に入り込もうとする「あいつ」を、「圧倒的な偏見をもって強固に抹殺するんだ」と、トロは奇妙な言い回しを使います。

Q あ、聞いたことがあります。ジョニー・ウォーカーですね。ジョニー・ウォーカーが、自分を殺すようナカタさんに命令するとき、よく似た言葉を使っています、——「偏見を持って、断固殺すんだ」。あるいは「人を殺すときのコツはだね、ナカタさん、躊躇しないことだ。巨大なる偏見を持って、速やかに断行する——それが人を殺すコツだ」。

A そう、黒猫のトロはカーネル・サンダーズでもあり、ジョニー・ウォーカーでもあったんですね。空飛び猫か電気猫の一族ですよ。ホシノ青年が「つまりおじさんは、善悪を超えた存在なんだ」と言うのは、その意味だったんです。あるいは、善（カーネル・サンダーズ）でもあり、悪（ジョニー・ウォーカー）でもある、と。要するにジョニー・ウォーカーやカーネル・サンダーズのように、「イコン的な有名さ」を持つ者なら、誰でもいいんですね。だれもが知っている魔人（ジン）でさえあれば、どんな妖怪変化であろうとも、いちいち描写なんかしなくてすんで、手間が省けるじゃないですか。これがかつて谷崎潤一郎が提言し、今日村上春樹が実践する、この時代の新たなる〈言文一致〉の文章作法なんですよ。

Q それで、具体的には、どうやって「あいつ」を仕留めるんでしたっけ？

A　深夜になると、「あいつ」は死んだナカタさんの口から這い出して来るんですね。しかし、どうしてもホシノさんはその怪物を倒すことができません。そこで「入り口の石」をひっくり返して、いわば「あいつ」の退路を絶っちゃって、やっと息の根を止めることができるのですが、問題は、その石をひっくり返すのがたいへんで、ホシノ青年は渾身の力を振り絞って、「きんたま」が二個とも「こぼれ落っちまいそう」な獅子奮迅の奮闘をして、なんとか目的を達成するわけです。それはまあ大団円に必要な大立回りを演じるようなもので、むしろ、

「黒猫は手すりからひらりと隣りの屋根に飛び降り、尻尾をまっすぐに立てて、歩いて行ってしまった。身体が大きなわりに、猫はとても身軽だった。青年はその後ろ姿をベランダから見送っていた。猫は一度も後ろを振り返らなかった」

と、黒猫トロは空飛び電気猫の正体を一瞬あらわして、「ひらりと」「飛び降り」、これが『海辺のカフカ』におけるムラカミ猫のラスト・シーンになるのです。

Q　みごとなフィナーレですね。まるでハードボイルドのヒーローが退場するようです。

A　黒猫トロの「背中に小さな波の音が聞こえ［る］」（『羊をめぐる冒険』ラストの一行）といいんですがね。

Q　聞こえるかもしれませんね。ホシノさんのいるマンションは、海まで歩いて行けるところにあ

るのですから。

A　ナカタさんが存命中に、「二人は海岸まで歩いた」ことがあったのではないでしょうか。

Q　ありました、ありました、――

「二人は海岸まで歩いた。松林を抜け、防波堤を越え、砂浜に降りた。静かな瀬戸内海の海だった。二人は砂浜に並んで座って、長いあいだ何も言わずに、小さな波が、まるでシーツを持ち上げるように上がり、小さな音を立てて崩れるのを眺めていた」（傍点引用者）

A　やはりこのハードボイルドな電気黒猫の背中には波が小さな音を立てていたんですよ。

Q　さて『海辺の黒猫』、じゃない、『海辺のカフカ』のあと、村上は『1Q84』3部作（BOOK1、2：二〇〇九年、BOOK3：二〇一〇年）で、猫を全篇に〈散種〉させた大長篇を書きますね。

A　それについてはコーダのアメリカ紀行（抄）に譲りましょう、――題して「ニューヨークの『うずまき猫』」。

コーダ　ニューヨークの「うずまき猫」

――「うずまき猫」はうまくみつかりましたでしょうか？

『うずまき猫のみつけかた』の「あとがき」に誘導されて、イースト・サイド七十七丁目でサブウェイを降り、村上春樹訳、トルーマン・カポーティの『ティファニーで朝食を』片手にレキシントン・アヴェニュを南に下った。『走ることについて語るときに僕の語ること』に収められた村上のニューヨーク紀行にあるように、――「ブロックからブロックへと、限りなくどこまでも歩いていけそうな気がする」。間もなく七十二丁目だった。『ティファニー』で予想していたより広い通りに出た。この道がレキシントン・アヴェニュと交差する角で、ジョー・ベルという六十七歳の男がバーを経営していたのである。村上の初期の小説に出てくるジェイズ・バーの「引用源」(『1Q84』の牛河の言葉)になったバーだろう。ジョーはジェイの起源(ジェネシス)に位置するマスターだろう。そして五十七丁目。ティファニー宝飾店の目立たない燻銀のプレートがひっそりと浮かんでいた。ティファニーは『ティファニーで朝食を』のヒロイン、ホリー・ゴライントリーの見果てぬ夢の場所、

『国境の南、太陽の西』のヒロイン島本さんにとっての「太陽の西」に相当する場所だろう。島本さんが東京の青山通り(ムラカミ・ロード)を遊歩するように、ホリーはニューヨークの五番街を遊歩するのだろう。「かわいそうな猫ちゃん」とホリーが、猫の頭を掻きながら、――

「かわいそうに名前だってないんだから。名前がないのってけっこう不便なのよね」

と愛猫のことを言うところは、『羊をめぐる冒険』のおならばかりしている名前のない猫に「いわし」と命名する場面を思わせる。『ねじまき鳥クロニクル』で重要な役を演じる「サワラ」が「いわし」の生まれ変わりであることは、ともに魚の名前を持つことからも明らかだ。ところでこのサワラだが、こともあろうにこの猫は『ティファニー』に〈空飛び猫〉するのだ。いよいよホリーが七十二丁目の家を出なくてはならなくなったとき、――

「猫は外に出されると、ひょいと飛び上がって、彼女の肩に鳥のようにとまった。その尻尾は狂詩曲でも指揮するかのように、激しく打ち振られた」

それがどうだろう、この尻尾は『ねじまき鳥』の亨の夢で、霊能者の加納マルタの尻に生えて、そこで「鋭くうち振られていた」のである。同じ作者と訳者によってこれだけ似た表現を与えられた尻尾が、別物であることはありえない。いわしからサワラに転生したムラカミ猫は、ホリーの肩にとまって、尻尾を「激しく」、あるいは「鋭く」打ち振っている。とすれば「うずまき猫」をみつけるには、このホリーの猫の行方を追うに如くはないのだ。レキシントン・アヴェニュの九十六丁目でサブウェイを降りてアップ・タウンへ。百十六丁目を右に折れると、スパニッシュ・ハーレムに入った。夕方になると、おびただしい子どもたちが街に繰り出して来た。人間の肌の色と食べ物の臭いが濃くなった。湯気の立つ店先に黒々と人の群れがたかっている。『ティファニー』と『うずまき猫』片手にここまで来たが、いまのところ、どんな路地にも猫の仔一匹みつからない。ブラジルあたりに〈高飛び〉しなくてはならなくなって、車で空港に向かうホリーは――ここは「さきがけ」に追われ自由が丘のアパートを出る青豆そっくり――スパニッシュ・ハーレムの道ばたに車を停めさせ、「ねえ、どう思う?」と抱いている猫に話しかける、――

「このあたりって、お前みたいなタフ・ガイにはお似合いの場所じゃないこと。ゴミ缶やら、ネズミの大群やら。ごろつき猫たちともお仲間になれるわ。さあ、お行き」

そう言って猫を放すが、猫は、

「そのまがまがしい顔を上げて、海賊を思わせる黄色を帯びた目で、問いかけるような視線を彼女に向けた」

というところなど、実生活のムラカミ夫妻が猫のピーターを棄てようとして思いとどまる『うずまき猫』のシーンを思い出させるとともに（Ⅰ章参照）、村上の達意の——霊猫の憑依したような——訳文もあって、『１Ｑ８４』の猫、じゃなくて、青豆その人をほうふつとさせるではないか。そうなのだ、『ティファニー』の猫は〈空飛び猫〉のように、『ねじまき鳥』に飛びうつるだけではなく、『１Ｑ８４』に飛びうつるのだ。『ティファニー』の猫はホリーの守護神（ジーニアス）のような存在で、ホリーと一心同体なのだから、その猫がホリーもろとも、ホリーとそっくりさんの青豆にのり移っても不思議ではない。ホリーと青豆の類似点はそれこそ枚挙にいとまがない。追われる身の上で、いつも旅の空にあるようなホリー、気に食わないやつのことを「ネズミ野郎」とののしるホリー、「足の指を縛って天井から吊して、きれいに捌いて豚の餌にしてやるからね」などと、青豆も真っ青のサディストぶりを発揮するホリー。「うずまき猫」が元祖ピーターからいわし、サワラ、ホリーの猫へと転生し、このスパニッシュ・ハーレムに棄てられてから、ホリーを離れ、放浪したあと、ホリーのアバター青豆をヒロインとする『１Ｑ８４』に住み家をみつけるのは、大いにありうることだ。そんなことを考えながら僕は、イースト・サイド百二十五丁目通りを日が落ちるまで行ったり来たりした。あたりが暗くなるにつれて、通りがぼんやりと煙ってきて、『１Ｑ８４』の「冥界」を歩いている気分になった。ＢＯＯＫ１には猫は一匹も姿を見せない。ＢＯＯＫ２で天吾は認知症の父を見舞いに千葉の千倉へ行き、「猫の町」という本を父に読んで聞かせる。その話には猫が一杯出てくるが、みんなフィクションの猫だ。

「そろそろ猫たちがやってくる時刻だ」

と、その章はタイトルされているのだが――。とある裏通りの物陰に首を突っ込むと、なるほど猫が潜んでいそうだ。車の下や看板の裏などをのぞいてまわった。『ティファニー』にある通り、スパニッシュ・ハーレムというのは「荒っぽくて、けばけばしくて、見るからにすさんだ地域」だった。ふっと折れ曲がった尻尾が、おそろしく背の低い老婆の引く屋台の後ろに消えるのを見かけたような気がした。その予感が当たり、BOOK2の最終章でようやく猫が出現する。天吾はふたたび、――女友達のふかえりが「ネコのまち」と呼ぶようになった――千倉の療養所に出かける。病床の父と話しているとき、窓際に行って松林を眺めると、

「一匹の大きな猫が庭を歩いていた。腹の垂れ方からすると、妊娠しているようだ。猫は木の根もとで横になり、脚を広げて腹をなめ始めた」

この行儀の悪い猫が「うずまき猫」だろうか？　その証拠はない。ただの通りすがりの猫かもし

れない。さらに裏町に入っていった。日はとっぷり暮れたが、人影はますます多くなるようだ。麻薬の売人やポン引きがちらほら姿を見せた。ストリート・ガールも目についた。ハーレムの猫たちも夜になれば外に出てくるかもしれない。ＢＯＯＫ３では第2章、夜の高円寺の児童公園を監視する青豆の双眼鏡には、天吾はおろか、

「一匹の猫さえ通りかからない」

と、猫の不在が確認されている。それでも「猫」という字がみつかっただけでも、物怪（もっけ）の幸いだ。ついで牛河のパート、第13章で、天吾のアパートに探りを入れる牛河は、その暗い廊下に

「雑草の茂った前庭から漂ってくる猫の小便の匂い」

を嗅ぎあてている。不在の猫より小便の匂いのほうが「うずまき猫」が近づいてきたという気がする。牛河と猫は相性がいいのかもしれない。さすがに『ねじまき鳥クロニクル』でお目見えしたアラビアン・ナイトの魔人（ジン）である。鼻が効く。たしかにこのあたりの露地には猫の小便の酸っぱいような匂いがする。第19章、天吾のアパートの真下の部屋で望遠レンズを使って盗撮する牛河——双眼鏡で児童公園を監視する青豆と同じストーカーの振舞いだ。やはり牛河ＶＳ青豆はペアなのだ

——は、ようやく猫の存在を確認している。まずポーを思わせるカラス（『海辺のカフカ』に飛来する空飛び黒猫だ）がやって来て、

「そのあとには一匹の縞柄の猫がやってきた。どこか近所の家で飼われているらしく、首にノミ取りの首輪をつけていた。見かけたことのない猫だ。猫は枯れた花壇の中に入って小便をし、小便を終えるとその匂いを嗅いだ。何かが気に入らないらしく、いかにも面白くなさそうに髭をぴくぴくと震わせた。そして尻尾をぐいと立てたまま建物の裏手に姿を消した」

と牛河そっくりの振舞いを見せるから、百三十ページほど前に牛河が嗅ぎわけた、「小便の匂い」を残していった猫と同じかもしれない。いや、同じ猫だろう。猫は他の猫と紛らわしく、ごっちゃになる傾向があるが、これだけ注意深く「うずまき猫」の行方をくらませる村上が、猫の「小便の匂い」に無神経なはずがない。そしていよいよ真打ちである。牛河ではなく、ヒーローの天吾の前に猫は姿をあらわす。父の死の報に接した天吾は最後にもう一度、千葉の千倉（ふかえりが「ネコのまち」と呼ぶ）にやって来る、——

「温もりのある日差しが、枯れかけた庭の芝生をねぎらうように照らし、見たことのない三毛猫が一匹そこで日向ぼっこをしながら、時間をかけて尻尾を丹念に舐めていた」

天吾にふさわしくクールでリアルな猫である。この猫はＢＯＯＫ２で天吾が同じ庭に見た、脚を広げて腹を舐めていた行儀の悪い猫だろうか？　そうではない。天吾は「見たことのない三毛猫」と言っている。第一、尻尾を舐めるのは、躾のよい猫の証拠だ。それも、「時間をかけて尻尾を丹念に舐めていた」というのだから、相当きちんとした身だしなみのよい猫である。この猫が「うずまき猫」の可能性は高い。「うずまき猫」はみつかったといえるのだろうか？　いずれにせよ『羊をめぐる冒険』のいわしや『ねじまき鳥』のサワラの尻尾、さらにホリーの猫の、「激しく」あるいは「鋭く」打ち振られる尻尾との同一性を、「時間をかけて」「丹念に」舐める尻尾によって、作者が示唆したことはまず間違いない。リアルな尻尾の実在はこのようにラストで確認されたが、『１Ｑ８４』全篇を通してきわだつのは、やはり猫の不在であって、その存在ではない。『１Ｑ８４』の猫はほとんど全員、天吾が作中で読む小説「猫の町」に出払ってしまったのだろうか。日暮れから夜ふけまで足を棒にしてスパニッシュ・ハーレムを歩きまわったが、目を引いたのは小便を垂れ流す年とった酔っぱらいと、べろを出して宙をにらむ男の子、牛乳瓶の底のようにぶ厚いメガネの玉を光らせる太った黒人の女ぐらいのものだった。そのときだ、

「インディアンを見ることができるというのはインディアンがいないってことです」

村上の名作「めくらやなぎと眠る女」（『螢・納屋を焼く・その他の短編』）の一節が僕の耳元にささやいた。そうだ、と僕は思った。インディアンの挿話を反転させればいいのだ。反転もまた真である、というのが、ムラカミ・ワールドの極意ではないか。

——猫をみつけられないというのは猫がいるってことです。

このマントラを口に唱え、僕はもっとも荒れ果てた区域へ足を踏み入れていった。暗がりに『1Q84』のQの字のかたちをした尻尾が渦巻いていた。どこに手を伸ばしても、「うずまき猫」の尻尾にふれそうだった。僕は「猫の町」に迷い込んでしまったのだ。

主な参考文献——本書で言及した本のうち主要なものに限る。刊行年代順。

村上春樹の著作

『風の歌を聴け』講談社、１９７９年
『１９７３年のピンボール』講談社、１９８０年
『羊をめぐる冒険』講談社、１９８２年
「貧乏な叔母さんの話」（『中国行きのスロウ・ボート』中央公論社、１９８３年）
『螢・納屋を焼く・その他の短編』新潮社、１９８４年
『村上朝日堂』若林出版企画、１９８４年
『世界の終りとハードボイルド・ワンダーランド』新潮社、１９８５年
『村上春樹堂の逆襲』朝日新聞社、１９８６年
「ファミリー・アフェア」「ねじまき鳥と火曜日の女たち」「象の消滅」（『パン屋再襲撃』文藝春秋、１９８６年）
『ノルウェイの森』講談社、１９８７年
『ダンス・ダンス・ダンス』講談社、１９８８年
『遠い太鼓』講談社、１９９０年
「人喰い猫」（『村上春樹全作品 1979~1989』⑧ 講談社、１９９１年）
『国境の南、太陽の西』講談社、１９９２年
『ねじまき鳥クロニクル　第1部　泥棒かささぎ編・第2部　予言する鳥編』新潮社、１９９４年
『ねじまき鳥クロニクル　第3部　鳥刺し男編』新潮社、１９９５年
「レキシントンの幽霊」「七番目の男」（『レキシントンの幽霊』文藝春秋、１９９６年）
『うずまき猫のみつけかた』新潮社、１９９６年
『アンダーグラウンド』講談社、１９９７年
『約束された場所で』文藝春秋、１９９８年

『ふわふわ』(安西水丸/絵)講談社文庫、2001年
『スプートニクの恋人』講談社、1999年
「神の子どもたちはみな踊る」「焚き火」(『神の子どもたちはみな踊る』新潮社、2000年)
『海辺のカフカ』新潮社、2002年
『アフターダーク』講談社、2004年
『走ることについて語るときに僕の語ること』文藝春秋、2007年
『1Q84　BOOK1・BOOK2』2009年、『BOOK3』2010年、新潮社
『夢を見るために毎朝僕は目覚めるのです』文藝春秋、2010年
『色彩を持たない多崎つくると、彼の巡礼の年』文藝春秋、2013年
「シェエラザード」「木野」(『女のいない男たち』文藝春秋、2014年)
『セロニアス・モンクのいた風景』新潮社、2014年

村上春樹の翻訳

ル＝グウィン『空飛び猫』(シンドラー/絵)講談社、1993年
同『帰ってきた空飛び猫』同
同『素晴らしいアレキサンダーと、空飛び猫たち』同、1997年
同『空を駆けるジェーン』同、2001年
トルーマン・カポーティ『ティファニーで朝食を』新潮社、2008年

その他(上田秋成、漱石、谷崎潤一郎、内田百閒、カフカ、プルーストなど、周知の古典は省いた)

鈴村和成『未だ/既に——村上春樹と「ハードボイルド・ワンダーランド」』洋泉社、1985年
同『テレフォン——村上春樹、デリダ、康成、プルースト』洋泉社、1987年
同・編著『写真とフィクション』洋泉社、1991年
鈴村和成『バルト——テクストの快楽』講談社、1996年
同『村上春樹とネコの話』彩流社、2004年

同『紀行せよ、と村上春樹は言う』未來社、2014年
荒木経惟『愛しのチロ』平凡社、1990年
同『東京猫町』平凡社、1993年
同『チロとアラーキーと2人のおんな』(荒木経惟写真全集10)平凡社、1996年
同『チロ愛死』河出書房新社、2010年
保坂和志『猫に時間の流れる』新潮社、1994年
同『明け方の猫』講談社、2001年
安原顯『本など読むな、バカになる』図書新聞、1994年
村松友視『アブサン物語』河出書房新社、1995年
奥泉光『「吾輩は猫である」殺人事件』新潮社、1996年
笙野頼子『パラダイス・フラッツ』新潮社、1997年
同『愛別外猫雑記』河出書房新社、2001年
同『S倉迷妄通信』集英社、2002年
河合隼雄『猫だましい』新潮社、2000年

翻訳

フィリップ・K・ディック『アンドロイドは電気羊の夢を見るか?』早川書房、1969年
フレッド・ゲティングズ『猫の不思議な物語』青土社、1993年
ウィリアム・バロウズ『内なるネコ』河出書房新社、1994年
『イアン・ブルマの日本探訪――村上春樹からヒロシマまで』TBSブリタニカ、1998年
ジェイ・ルービン『ハルキ・ムラカミと言葉の音楽』新潮社、2006年

あとがき

編集の高梨治さんから、本書の装丁について次のメールを頂きました。

「ある意味、これまでとはまったく異なった〝鈴村・村上ワールド〟なので、SF的なイラストはどうかと思っている次第です。その手のイラストを描かせると、かなりよい独特な世界観を出すイラストレーターがおります。日本SF作家クラブの会員でもある、YOUCHAN（伊藤優子）というイラストレーターです。ネコのイラストもかなり描いております。電気ネコっぽいイラストが空中をとんでいるようなものとか、……」

その後、どんなイラストが上がってくるかとワクワクしていますと、本書のゲラを読んで下さったYOUCHANから高梨さんへ、カバーイラストのラフに添えて、以下のメールが送られ、それが僕のもとにも転送されてきました。

「こんなに村上春樹について深く語りあっているのに、猫だけに言及し尽くした村上論は読んだことがありません。タイトルもアンドロ羊をもじっているし、本文中にも何度も『アンドロイドは電気羊の夢を見るか？』というタイトルに言及していますので、カバーイラストもこの際、アンドロ羊を超意識したほうが良かろうと思いました。［中略］なんというか、すっごくアンドロ羊で村上春樹、ときどきザムザでノラやな猫濃度高めな一冊でした！

面白かったです～‼」


僕としても、ムラカミ猫満載ブックを書きたい、と思っていましたところ、「猫濃度高めな一冊」とは！ ——本書の意図はこれに尽くされます。

ムラカミ猫というのは、つまり媒（なかだち）なんですね。世界に散らばるバラバラなモノを繋ぐ、媒（メディア）としての猫。村上春樹の小説にあらわれる、一群の電気猫、電話猫たち、……それらを総称してムラカミ猫メディアと呼んでもいいですね。

電話やメール、ネットのように、霊猫とか霊媒とかが丁々発止と活躍する。

ユニークなムラカミ猫の本になったと思います。

２０１４年11月30日　鈴村 和成

【著者】

鈴村和成

…すずむら・かずなり…


1944年、名古屋市生まれ。東京大学仏文科卒。

横浜市立大学教授を経て、同名誉教授。文芸評論家、紀行作家、詩人。

村上春樹論に、『未だ／既に——村上春樹と「ハードボイルド・ワンダーランド」』（洋泉社）、『テレフォン——村上春樹、デリダ、康成、プルースト』（同）、

『村上春樹とネコの話』（彩流社）ほか。

評論に、『バルト——テクストの快楽』（講談社）、『ランボー、砂漠を行く』（岩波書店）、

『愛について——プルースト、デュラスと』（紀伊國屋書店）など。

紀行作品に、『ヴェネツィアでプルーストを読む』（集英社）、

『ランボーとアフリカの8枚の写真』（河出書房新社・藤村記念歴程賞）など。

翻訳に、『ランボー全集 個人新訳』（みすず書房）ほか。

フィギュール彩㉗

村上春樹は電気猫の夢を見るか？

ムラカミ猫アンソロジー

二〇一五年一月二〇日　初版第一刷

著者——鈴村和成

発行者——竹内淳夫

発行所——株式会社 彩流社
〒102-0071
東京都千代田区富士見2-2-2
電話：03-3234-5931
ファックス：03-3234-5932
E-mail：sairyusha@sairyusha.co.jp

印刷——明和印刷（株）

製本——（株）村上製本所

装丁——仁川範子

ISBN978-4-7791-7027-0 C0395

http://www.sairyusha.co.jp